時空調查科 ❷

鐵達尼號上的追捕

關景峰 著

新雅文化事業有限公司
www.sunya.com.hk

時空調查科

阿爾法小組

—— 人物介紹 ——

凱文

特工代號：051

年　　齡：13歲

組內擔當：分析大師

特　　長：IQ極高，分析力超強，
多謀善斷

最強裝備：萬能手錶

萬能手錶

具備通訊、翻譯、搜尋、地圖等
等功能，還能按需要升級更新其
他功能。

張琳

特工代號：059

年　　齡：13歲

組內擔當：攻擊大師

特　　長：擁有驚人的戰鬥力，對各種
　　　　　武器都運用自如

最強武器：先鋒寶盒

先鋒寶盒

可變化成霹靂劍、迴旋鏢和流星錘三種武器的神奇寶盒。

西恩

特工代號：056

年　　齡：12歲

組內擔當：防衛大師

特　　長：能針對不同攻擊使出各種防禦
　　　　　力強大的招式

　　　　　最強招式：防禦盾、防禦弧

防禦盾

原為硬幣般大小的鐵片，使用時會變大成圓形盾牌。

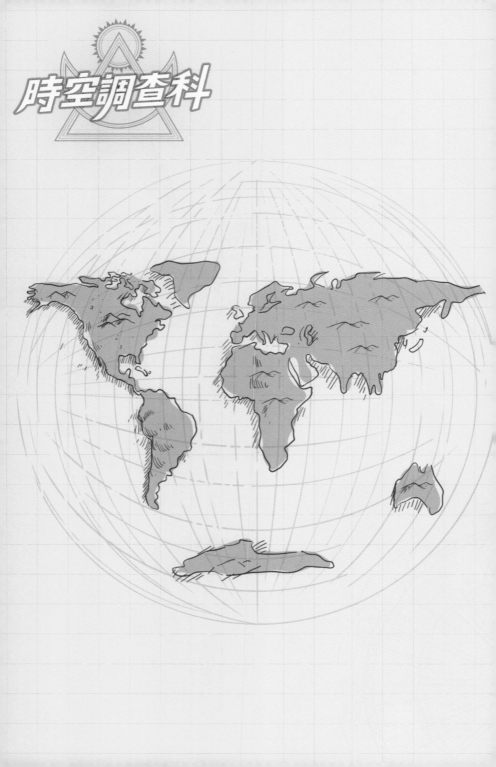

目 錄

CHAPTER 1

行蹤

夜色完全籠罩住了倫敦北部的奧爾巴尼街，寒風淒厲。晚上9時多，不多的行人匆匆走過。一個帶着鴨舌帽的男子轉進了奧爾巴尼大街東面的一個小巷子裏，在巷子中間的「雷夫」酒吧門口，這個男子停下了腳步。

「雷夫」酒館門前，燈光昏暗，戴帽男子的腦袋在高高豎起的衣領中轉了轉，看了看四周的情況，他猶豫了一下，但還是推門進了酒吧。

我在酒吧裏的窗戶小心地看着窗外戴帽男子的舉動，在他進門之前，我飛快地走進了吧台。

這個酒吧不大，裏面的顧客也很少，吧台後面有一個高高的服務生正在調酒，男子環視了一下店內，隨後走到吧台前找了一把椅子坐下，他的頭始終埋在衣領裏。

「您要點什麼？」吧台後的我走過來問，此時

的我一身服務生打扮，年齡也大了很多，看上去有二十歲，當然這是我用易容術的結果。

「啤酒。」男子簡單地擠出兩個字，他微微抬頭看看我，「新來的？」

「是的。」

說完，我飛快地給男子倒了一杯啤酒，把啤酒放到吧台上，男子伸手端起啤酒，他的手背上，有一個黑色的蜥蜴刺青。

不知為什麼，高個子的服務生似乎對男子手背上的刺青很感興趣，他用餘光盯着那個刺青看了一下，隨後對不遠處一張桌子後的一個二十多歲的女士點了點頭。那女士隨即起立，來到了戴帽男子的身後。

「是費瑟蘭先生嗎？」女士壓低聲音問道。

「啊？」戴帽男子像是被電擊中，全身都抖了一下，他回頭看了一眼那個女士，「你怎麼知道我的名字？」

「我們想知道科姆里在哪裏。」女士把頭湊了過來，小聲地說。

戴帽男子全身似乎僵住了，他看了看面前的我，又看了看身後的金髮女子，兩隻手放在吧台上，就在這無聲無息的對抗中，他雙手的指尖開始慢慢變長，那指甲也變成了金屬的顏色，在燈光的映射下發出了寒光，突然，他揮手刺向身後女士的脖子。

　　那女士靈活地向後一閃，長長的指尖在她脖子前帶着風聲飛速擦過，戴帽子的男子趁機向外跑去。

　　「張琳──抓住他──」吧台後的我對那個女士大喊一聲，沒錯，這位女士是張琳使用易容術變成的。

　　「他跑不了的。」張琳說着就追了出去，我和那個高個子的服務生也跟了出去，他其實是西恩。

　　戴帽男子叫費瑟蘭，他出門後沿着奧爾巴尼大街飛速奔逃。張琳跟了出去，看着費瑟蘭的後背，露出輕蔑的一笑。她雙手先是下垂，右手衣袖中掉出一個半個手掌大小的長方形盒子，長方形盒子上有三個按鈕，分別是藍色按鈕、黑色按鈕和銀白色

按鈕，張琳按下了黑色按鈕，隨即一揚手。

「迴旋鏢——」張琳喊了一聲，一個由三個葉片組成的飛鏢飛速向費瑟蘭飛去。

「啊——」，費瑟蘭跑出去有三、四十米，迴旋鏢飛過去在他後背狠狠地砸了一下，他被砸倒在地，慘叫一聲，而張琳的迴旋鏢砸倒男子後劃了一道弧線，準確地飛回到張琳的手中。

「高個子服務生」西恩衝上去，壓住了那個男子，並給他戴上了手銬。

「費瑟蘭，你跑不了的。」我也走了過去，對還有些掙扎的費瑟蘭説。

「你們……」費瑟蘭被西恩拉了起來，他絕望地看着三個抓住自己的人。

轉瞬間，我們三個人一下變矮了一些，而且都變成了少年的模樣。

「你們……是特種警察？」費瑟蘭吃驚地看着我們。

「説對了。」西恩點點頭，「我們是全球特種警察機構的特工，費瑟蘭，你被捕了！」

全球特種警察機構通過縝密調查，發現十多年前被打擊瓦解的毒狼集團，近期一直試圖重建，警方於是繼續打擊。之前我們抓捕了它的頭目繼承人威爾森，以為毒狼集團就會自此羣龍無首，誰知它的重建計劃仍然繼續，相信還有其他隱藏很深的幕後頭目。最近，警方發現，為了對抗警方的打擊，重建毒狼集團的頭目在聯絡一個叫科姆里的傢伙組建毒狼集團的暴力小組，準備在重建後直接用暴力對抗警方。這個科姆里擁有穿越時空的超能力，而他超能力的能量源，居然是人類的鮮血，他就像是一個吸血鬼一樣，兇殘而且兇惡，而且能力超強，這也是毒狼集團使用他的原因。

一定要抓到這個科姆里，全球特種警察機構得知這個科姆里近年來躲藏在不同時期的空間裏，並且連續借助自己的超能力作案。他最近曾在英國倫敦出現過，但很快消失，他是去找一個叫費瑟蘭的傢伙，只要抓到費瑟蘭，就能牽出科姆里的下落。特種警察機構行動處處長諾曼先生命令我們來到倫敦，抓捕費瑟蘭，問出科姆里的下落，而交給我們

的終極目標，是抓住這個科姆里。

　　憑着不多的線索，在倫敦查找了幾天的我們，這天傍晚終於找到費瑟蘭的行蹤，並抓住了他，我們把他帶到了倫敦警察局總部的一間審訊室——全球特種警察機構和各國警察局都有良好的合作。

　　「我沒有做過什麼……」費瑟蘭被抓來後，倒是沒有了剛才的恐懼。

　　「你認為你無辜嗎？」西恩冷笑了一聲。

　　「當然……你剛才扮演的服務生一點都不像，傻愣愣的像個木頭樁子，你快放了我……」

　　「亂說！」西恩一下就生氣了，「我在學校話劇社裏扮演過哈姆雷特……的僕人……」

　　「為盜竊集團提供庇護所，判刑兩年；酗酒後毆鬥，判刑兩年；從事販毒，判刑三年；參加暴力團夥，判刑一年……」我翻看着費瑟蘭的檔案，「你的人生可不簡單呀。」

　　「嘿嘿……那都是以前的事了。」費瑟蘭的氣焰被壓了下去，還假裝笑了兩聲，「我已經改邪歸正了。」

「可是不久前有人看見你和科姆里在一起，我看你是邪上加邪！」我說着把檔案裏的一張照片扔在費瑟蘭面前，那是我們的線人拍的。

「我⋯⋯剛好碰上他，隨便聊了兩句。」費瑟蘭爭辯道，「隨便聊了聊⋯⋯」

「隨便？」張琳冷笑了起來，「科姆里被全球的警方通緝，你不會不知道吧？」

「這個⋯⋯」費瑟蘭抓了抓腦袋，「我⋯⋯」

「既然你那麼清白，我們剛才找你，你為什麼要逃跑？」我盯着費瑟蘭的眼睛。

「我⋯⋯」費瑟蘭張口結舌了，他又看了看那張照片，知道無法抵賴，雙手一攤，「是，我是見過科姆里，可是這次我沒有做違法的事，既沒有窩藏他也沒有向他提供什麼違禁品。」

「那你和科姆里都聊了些什麼呢？」我進一步問道，「青少年的教育問題？還是莎士比亞的十四行詩？」

「他說他不方便在外面露面，讓我去倫敦的克利斯蒂拍賣行給他買一份鐵達尼號的頭等艙乘客名

單。」費瑟蘭一臉無辜地說。

「鐵達尼號？」我和張琳、西恩對視一下，「頭等艙乘客名單？」

「就是沉沒的那艘鐵達尼號，當年頭等艙的乘客都是要預訂房間的，白星公司，噢，就是鐵達尼號的擁有者當然有乘客名單了，他們有好幾份呢，這次克利斯蒂拍賣行舉辦有關鐵達尼號物品的拍賣，科姆里指定我一定要買一份。」

「你買到了嗎？」我連忙問。

「買到了，八萬英鎊。」費瑟蘭聳聳肩，「又不是我出錢，我就一路舉牌嘍，他叫我一定要買到。」

「他還讓你幹了什麼？」

「他讓我去大英圖書館影印一份1912年的全球特種警察名錄，我影印好後，和鐵達尼號頭等艙的乘客名單一起給他了。」

「是1912年嗎？」我又問了一遍，我知道，1912年全球特種警察機構就存在了，當時的特種警察和現在一樣，都是對付科姆里這樣的跨時空超

能力犯罪者。

「是1912年。」費瑟蘭點點頭，「就這兩樣東西，我全是按照正常途徑完成的，我去拍賣行買東西不能算是違法吧？你們快放了我……」

「你把這兩份東西給科姆里了？什麼時候？」我打斷費瑟蘭，問道。

「給他了，早上給他了，他拿到就跑了。」費瑟蘭說。

哎呀，差一步，如果早一天，我們就能一起抓到這兩個傢伙，但是說什麼也晚了，接下來只有不懈地去追查科姆里了。

「快放了我吧……」費瑟蘭還在叫喊着。

「科姆里給了你多少錢？」我又打斷了他的話，「我是說你的好處，不要告訴我你是義務幫忙的！」

「一、一萬鎊。」費瑟蘭吞吞吐吐地說，「可這是我應得的，我不能白幹。」

「如果你說的全是實話，我們會在法官那裏為你求情的。」我說着按了桌子上的一個按鈕，兩名

警察走了進來。

「我沒幹違法的事呀……」費瑟蘭站了起來，他知道自己要被帶下去了，「是他來找我的……我最近又缺錢花……」

警察把吵吵鬧鬧的費瑟蘭帶了下去。

「如果我沒有猜錯，科姆里是在打鐵達尼號的主意！」費瑟蘭被帶走後，我看看張琳和西恩。

「鐵達尼號嗎？」張琳和西恩一起問，隨後，張琳皺了皺眉，「一百年前沉沒的那艘鐵達尼號？他這次要穿越到鐵達尼號上去？」

「對！而且科姆里現在應該就在這條船上！」我一字一句地回答道，做出這個判斷的推理演進，是極短時間在我頭腦裏完成的，我可是小組的分析大師。

CHAPTER 2

回到1912年

　　張琳和西恩都看着我，因為我的決策，就是我們阿爾法小組的最終決策，他倆在等待我對答案的解釋。

　　「他一定是想到鐵達尼號上去做案，在船沉沒前抓幾個人吸血，即使船員有案發記錄，因為最後船沉了，一切無從查起。」我開始了解釋，「他要兩份名單的目的就是核對登船的乘客中有沒有特種警察……」

　　「啊，我知道了，要是船上有特種警察，會影響他做案的。」張琳説道，「特種警察對身邊出現穿越者，無論這種穿越者目的如何，都極為敏感。」

　　「對！」我點點頭，「他買到一份頭等艙的乘客名單，鐵達尼號1912年4月從英格蘭的南安普敦出發，我記得那條船經停法國的瑟堡、愛爾蘭的科

克，頭等艙旅客會從這三個城市登船。而當時的特種警察薪金極高，乘船當然會乘頭等艙，只要和當時的特種警察名單一核對，就知道有沒有特種警察登船了！」

「是呀，現在過去了一百多年，各地都有全球特種警察機構的書籍出版，有些還比較權威，關鍵是在當時，特種警察名錄早就公布了，大一些的圖書館都能查到。」張琳點着頭説，「這個科姆里，真是狡猾。」

「推理完全合理！那我們怎麼辦？」西恩也明白了我的推斷，他急切地問。

「馬上去申請穿越令，那個科姆里應該已經在船上了。」我的語氣也很是焦急，「他現在就是一個吸血鬼，肯定會襲擊船上的乘客然後吸食人血的，一定要趕在他害人前抓住他！」

張琳和西恩認真地看着我，都用力點點頭。

「我們先查詢一下鐵達尼號的具體啟航時間和路線，向諾曼先生匯報一下，儘快實施穿越。」

很快，我們就查到了鐵達尼號的具體行程，我

打電話給諾曼先生，匯報了情況，諾曼先生同意了我的推論，也同意了我們穿越到鐵達尼號上捉拿科姆里的計劃。

「……那麼，你們準備在什麼地方實施穿越？」諾曼先生在電話裏問。

「條件穿越，落地點是科克港的碼頭！」我的面前是一台電腦，上面有一張地圖，我看着地圖，「無論是科姆里還是我們，都會採用條件穿越方式，不過落地點如果定位在移動中的鐵達尼號上，都很危險，稍有一點點落地不準確，就掉進茫茫大海了，所以我們穿越方式採用條件穿越，但是落地點選在陸地上，我們在科克的碼頭上船……而且為了確保萬無一失，我想我們乾脆就去科克當地穿越……」

條件穿越，即是在目前現實中選好實施穿越的地點，穿越後到達的地點和穿越前身處的地點一致，例如我們這次要前往1912年的科克，可以在倫敦穿越，不過去科克本地穿越更保險，穿越後到達地就是科克，穿越時間是幾點，到達時間也就是

幾點，落地時間雖然也可以設定，但是這樣會增加風險，如果穿越時是幾點，落地後也一樣，最為穩妥。這種穿越方式的年、月、日我們自己掌控，想什麼時候穿越過去都行。

條件穿越相對另一種穿越方式——無限穿越，對落地點的要求極高，誤差範圍極低，所以穿越時掌控起來也很複雜，風險要大很多。而採用無限穿越，穿越時掌控難度不大，風險也就小，但是誤差卻大了，例如要穿越回遠古的一座城市，落地點可能會在此城市以外幾百公里的地方，這樣有可能會嚴重地影響穿越後行動的執行。

「科克，愛爾蘭的科克⋯⋯」諾曼看着地圖上的科克說道。「為什麼選定這裏？為什麼不是出發地南安普頓？」

「我是這樣想的。」我答道，「費瑟蘭是今天早上把名單給科姆里的，這傢伙要是發現船上沒有特種警察，肯定馬上趕去南安普敦穿越時空登船，因為鐵達尼號是中午12點從南安普敦啟航的，晚上7點到法國的瑟堡，第二天中午到愛爾蘭的科克，

現在是晚上11點，所以我們只有連夜趕到科克，明天中午在鐵達尼號到達科克前穿越過去，然後登船……」

「明白了。」電話那邊，諾曼點點頭，「我這邊馬上準備三套一百年前的衣服和當時的貨幣，安排一架飛機送到倫敦，然後你們就搭這架飛機去科克。我還會讓技術科去南安普敦檢測一下，發現科姆里登船的跡象會通知你們，如果技術科來不及，你們要先登船，要是他沒有登船，就通知你們就回來，不過你們從移動的船上穿越回來危險性都很大。」

「我們會小心的，我們可以等到鐵達尼號沉沒後利用超能力並借助懸浮物浮在海面上，上了前來救援的船後去紐約，再穿越回來。」我想了想說。

「嗯。」諾曼微微地點點頭，他突然想起了什麼，「有一次你們執行穿越任務，當時你們試圖改變歷史，記住，實施穿越後最重要的法則就是不能去改變歷史，歷史是已經發生的事情，是絕對不可逆轉的，試圖改變歷史的做法極其危險，也毫無功

效，我的意思你們明白嗎？鐵達尼號沉沒是已經發生的歷史事件，改變不了的。」

「我們知道了。」我看了看張琳和西恩，「諾曼先生，我明白你的意思，我們是去鐵達尼號抓捕科姆里的，無法阻止船的沉沒。」

「對。」諾曼平靜地說，「你們現在去機場等候吧，相信你們這次一定能完成任務！」

倫敦警察局派員把我們送到了希斯羅機場旁的酒店，明早七點，諾曼先生派出的飛機就會在這個機場降落，我們所需的裝備等就在這架飛機上，我們只要上了飛機，一小時後就能飛到愛爾蘭的科克。我們要去的科克當時還屬於英國管轄，那時候的名字叫昆士敦。

我們到達了希斯羅機場，進入機場酒店休息。一切都是按計劃進行的，諾曼先生派來的飛機第二天早上準時到達，我們登機後，拿到了裝備，一小時後，飛機起飛，直飛愛爾蘭科克。

飛機上，我們都穿上了那個時代的衣服，互相看着，像是在看電影中的人物。

「凱文，你説科姆里這個傢伙要是登上了鐵達尼號，今晚會不會就動手害人呢？」飛機起飛後不久，張琳一臉嚴肅地問我。

「我想不會。」我想了想説，「這個傢伙很謹慎的，當晚就害人第二天有可能引來科克的警方調查，我想他會在船駛離了科克港後才動手的，那時鐵達尼號就不會停靠任何港口而是直奔紐約了。」

「嗯，我想也是。」張琳冷冷地説。

「噢，那你還問？」張琳得到答案，也不説聲謝謝，我也不客氣地説。

「那些乘客已經很慘了。」西恩在一邊，很是憂鬱地説，「他們都要面對一次生死磨難，還混上去這樣一個壞傢伙……可惜我們無法阻止那船撞擊冰山！要是碰上那個白星公司的經理，我要好好罵他一頓，就是他要求船長趕時間造成事故的！」

「可我們無法改變歷史呀。」我的語氣也很沉重。

我們在9時多到達了科克，諾曼已經聯繫好愛爾蘭的警方派車把我們送到了科克港的碼頭，並把

我們安置在一個無人的小屋中，這個區域也就是一會我們實施穿越的地方。

　　不遠處，海浪拍擊碼頭的聲音非常清楚，這是一個現代化的港口，十幾艘輪船停泊在港內，隨着海浪輕輕地擺動着，已經是白天了，港口也忙碌起來，有的船進港卸貨，有的船離開。海面上，距離我們很近，有一艘白色的大船正向碼頭駛來，像是從海面上飛過來一樣。一百年前，鐵達尼號正是從這裏最後駛離陸地，踏上不歸的旅途的。

　　我們在小屋裏，等待着穿越時間的來臨，穿越登船的時間越來越近了，大家忽然都有些緊張。

　　突然，我的手錶發出了震動，這是表示有電話打來的震動，我的手錶是萬能手錶，有打電話、定位、探測、指南等等的功能，而張琳和西恩戴着外表相似的手錶，不過只能用來通訊。

　　我連忙接聽了電話，是諾曼先生打來的。

　　「現在通知你們兩件事，第一，技術科找到了鐵達尼號頭等艙的名單影印本，也找到了1912年英格蘭等地的特種警察名錄，經過核對，沒有當時

的特種警察登船，科姆里也會掌握到這樣的資訊，因此他會放心登船。」

「明白。」我說。

「第二，也是最關鍵的。」諾曼的口氣嚴肅，「剛才技術科已經在南安普敦港進行了實地檢測，發現有人昨天中午在港口實施了穿越，穿越時留下的閃擊痕跡極其明顯，根據閃擊痕跡測算，他返回的時間就在一百年前，依上述兩條推斷，科姆里應該就在船上！」

「太好了！」我興奮起來，眉毛一揚，「這次沒有白來。」

「登船後要全力依託技術手段和設備，最重要的是先干擾科姆里穿越逃回的路徑。」諾曼先生說，「設備你們都收到了吧？」

「全收到了，放心吧，諾曼先生。」我回答道。

「祝成功。」

掛掉諾曼先生的電話，我看着腳邊的那些設備，這些都是技術科為這次行動準備的。

我把諾曼先生的話告訴了張琳和西恩，西恩滿臉高興，張琳還是那副冷靜的樣子。

　　諾曼先生的來電證實了我的判斷，科姆里已經登船。

　　「現在是11點，鐵達尼號就要進港了。」我看看手錶，嚴肅起來，「我們準備登船吧。」

　　我們三個整理一下身上穿着的一百年前流行的衣服，西恩的衣服有點小，其實適合他的年紀的衣服，一般都不適合他的身型。張琳的衣服最合適，好像是度身定做的，我的也可以。我們出了小屋，找到一塊無人的空地，西恩的背包裏，裝着那些設備。

　　「就在這裏吧。」我説道。

　　張琳和西恩對我點了點頭，隨後，三個人的手臂挽了起來，我居中，左手抬高，嘴對着有着水晶球錶面的手錶。

　　「總部時空隧道管理員，我是阿爾法小組051號特工，我和另外兩個同事申請開啟穿越通道，請輔助我們實施穿越。」

「我是177號時空隧道管理員，請問穿越方式？」手錶裏一個聲音問道。

「條件穿越。」

「請問穿越的時間和地點？」

「1912年4月11日，小時、分鐘、秒鐘不變，落地點就在我們現在的位置。」

「同意穿越，你們需要特別留意以下事項：一，不許從穿越地帶回除任務要求外任何人和物品。二，不許改變歷史。三，不許利用已經獲得的歷史知識進行任何的非幫助完成任務以外的行為。違反上述規定會當即承擔非常大的危險！」

「記住了。」

「五秒鐘後穿越通道開啟，請站穩！五、四、三、二、一！」管理員說道，隨即，一個若隱若現的巨大管道出現了，這就是穿越通道。

穿越通道大概四、五米長，我們邁步進入管道，隨後站定，剛剛站穩，「轟——」的一聲，一道桔紅色的閃光從我們三個人身上滑過，霎時間，我們就消失在穿越通道中。我們進入了穿越通道，

身體不由自主地旋轉着，飛速地滑進一個深淵，時空隧道中電閃雷鳴，一切都像是在旋轉，我們三人緊緊地閉上眼睛，手臂緊緊地挽着，強大的颶風吹得我們的臉生痛。

　　「唰——」的一聲，我們三個突然感到一切都停止了，我們一起睜開眼，發現自己站在一個空地上，周圍有很多人，這些人都是靜止的，衣着都是一百年前的打扮。

「穿越成功。」我的手錶裏傳出一個聲音，
「你現在是在1912年4月11日11點15分35秒的愛
爾蘭昆士敦，三秒後一切啟動。」

話音剛落，我們三人身邊的那些人全都動了起
來，周圍的一切都活了，大家全都向碼頭湧去，沒
有誰留意我們三個少年。

「啊！我看到了——」一個騎在父親肩膀上的
男孩高喊起來，「好大的船呀——」

順着小男孩的視線看去，一艘高大的船隻正在
駛進港內，船上那四個高大的煙囱最為醒目。巨輪
的甲板上，也有很多人向岸上的人招手。

「嗚——」的一聲汽笛聲從船上發出，它的意
思是——「我來了！」

「鐵達尼號！」西恩激動地説。

CHAPTER 3.

登上鐵達尼號

　　我們隨着人羣向碼頭湧去，同樣的碼頭，只不過那些現代化的裝卸設備和現代化的輪船都不見了，這是1912年的昆士敦碼頭。

　　碼頭上到處都是人，到處都是讚歎的聲音，到處都是歡笑的聲音，人們都沒有見過這樣龐大的萬噸巨輪，全都抑制不住激動的心情。

　　看到鐵達尼號，我們心情很激動，也很複雜，身邊那些乘客們誰能知道這是一次危難之旅呢。

　　「這麼大的一條船呀，它是不沉之船！」一個扛着皮箱的青年男子對一個同伴說道，「真是太偉大了。」

　　「它是鐵做的，是鐵就會沉！」西恩忽然在一邊叫了起來，他滿臉通紅，眼睛瞪得很大，死死地盯着那個男子。

　　「這個孩子，這是怎麼了？」青年男子沒有生

氣，扛着皮箱走了。

「西恩。」我拉了拉西恩，無奈地搖了搖頭，「我們無法改變歷史……」

「要是違反穿越法則，會被拋回去的，而且不知落到什麼地方。」張琳表情複雜，提醒道，「那樣就抓不住科姆里了。」

「我知道！」西恩緊緊地握着拳頭，他轉身向前擠去，一道岸邊的護欄攔住了大家。

遠處的海面上，鐵達尼號越來越近了，岸邊的人也更加瘋狂了，船上船下的人都開始拚命招手，互相喊叫着，儘管誰也聽不清對方在喊什麼。

「它真美。」我扶着欄杆，望着那艘巨輪。

「是的，真美。」一向冷冷的張琳也感慨地說。

我看了看張琳，在評價鐵達尼號的美麗外表上，我倆倒是沒有什麼相左的意見。西恩則一直趴在護欄上，望着那由遠及近的巨輪。

沒過多久，鐵達尼號靠岸了。船上的懸梯放下，只見一個男性旅客孤零零地下了船。

「一切都和歷史記載一樣，人家都上船，他下了船。」我遠遠地看着那名旅客，來之前我們都看了不少有關鐵達尼號的資料。

「他拍下的照片成了收藏家們追逐的寶貝。」西恩也望着這名幸運兒，感歎起來。

「請排好隊，開始登船——」遠處的懸梯口，幾個檢票員開始呼喚大家。

我看了看兩個伙伴，大家用目光交流了一下，開始向懸梯口走去。

「詹姆士，站好，樣子要威武一些。」一個舉着相機的人對伙伴說，他的這個伙伴以鐵達尼號為背景，手插在腰上。我們停下腳步等着他們拍照。

「這樣行嗎？」詹姆士問。

「很好，這樣才能配上這條永遠不沉的船。」拍照的人說。

西恩剛要張口，張琳連忙拉了拉他，西恩這才想起什麼，閉上了嘴巴。

碼頭上到處都是送行的人，閃光燈的聲音也響個不停。我們走到船尾的位置，此時船尾沒有一個

人，看這艘船的人還有船上的人基本都集中在船頭和船中登船位置。我們不可能有船票，我們要飛身上船。

我們利用幾個大木箱作為掩護，看看沒人注意我們，便利用超能力縱身一躍，此時的我們身輕如燕，飛上了船尾，然後穩穩地落在甲板上。我們登上鐵達尼號了。

進入船艙內，前面人聲嘈雜，我們向前走去，遇到幾名船員正在指引乘客根據所持船票去自己的艙位。頭等艙和二等艙在船的上部，三等艙在船的下部。我們跟着幾個衣着華麗的人來到了一架升降機前，準備前往我們在鐵達尼號上的棲身之所——我們不能確定一上船就能抓住科姆里，所以技術科通過查閱資料，給我們安排了一個無人使用的艙房。技術科查到鐵達尼號因為是一條新船，很多儲藏室一直沒有啟用，船員也極少光顧。

升降機升了一層，到達了二等艙出口，我們三個人和幾個乘客一起出了升降機。張琳掏出了一張圖紙，她看了看圖紙，指了指右側。

「往這邊走。」

我們向右走了幾十米，又轉了一個彎，在一個小房間的門口，張琳停下了腳步。

「就這裏了。」

房間沒有上鎖，這其實是二等艙的一個儲藏室。張琳推門進了房間，裏面一片漆黑，西恩摸到了電燈開關，打開了燈。這個房間不大，裏面只有幾把椅子，還有兩張地毯。

我簡單看看這個儲藏室，環境還算不錯。隨後，我掏出一張照片，上面的人大概四十歲左右，眼睛很大，眼球向外冒着，這人皮膚較白，紅褐色頭髮，瘦瘦的，目露兇光。

「大家再看看科姆里的樣子吧。」我看着手裏的照片，「牢記這張臉。」

張琳和西恩看着照片，努力記着他的模樣。隨後，西恩點點頭。

「記住他了。」西恩説，「現在我把穿越干擾器放在這裏。」

他説着拿出一個東西，這是一個盒子大小的設

備，叫穿越干擾器，把它放在船上的任何地方，開啟後，就能發射出干擾信號，破壞任何形式的穿越通道，這樣科姆里如果發現我們後試圖逃走，干擾器就能破壞他的穿越通道，他的逃走路徑也就不存在了。

西恩把干擾器貼在牆壁上，打開開關，干擾器上一個米粒大小的綠燈，開始有節奏地閃爍，這表示它開始工作，干擾器上還有一塊小的熒幕，能顯示資訊。如果我們要穿越，必須把干擾器關閉，否則它也會干擾到我們的穿越通道。

「等船一開，我們就去找他，從頭等艙一路找下去。」看到西恩完成好干擾器的設置後，我說，「科姆里也不會有船票的，他也會躲在和我們這裏類似的地方，但是他一定會外出尋找作案對象，所以我們主要在甲板和走廊裏找⋯⋯」

突然，門外傳來說話的聲音，我立即示意兩個同伴噤聲，並把耳朵貼在門上聽了聽，是路過的幾個乘客。

「船會在1時30分啟航，啟航後我們就出去找

科姆里，如果發現他，盡量不在人多的地方動手，也盡量避開白天，白天人們都在活動，我們要謹防他劫持人質。」幾個乘客走後，我看了看手錶，壓低聲音說，「現在1點多了，船快開了。」

「我們現在出去看看吧。」西恩說道，「這裏有點悶呀。」

「那好。」我點點頭，「我們去船頭，記住，如果遇到科姆里，先不要動手，跟上他，找個沒人的地方抓他。」

說完，我悄悄地推開了房間門，看到沒有什麼人，我們三個連忙出了房間並關上了門。我們所在的二等艙人數是全船最少的，來之前我們查過資料，鐵達尼號頭等艙有324名乘客，三等艙有709名乘客，二等艙則有284名乘客。

我們決定先到前甲板去看看，剛走出一會，身後，幾名剛安頓好的乘客興奮地超過了我們向前甲板方向跑去。

「當心。」迎面一個船員提着兩個大箱子，走了過來，他後面還有一位女士。我們連忙讓路。

「真是艘漂亮的大船。」那名女士邊走邊説。

「那當然，這是人類目前最大的工業成就。」那名船員不無得意地説。

「漂亮是漂亮，不知道它的安全性如何？」那女士接着説。

「安全性？它可是世界上最結實的船！」

「噢，這可太好了。」

「好什麼？」西恩聽到這話，又忍不住了，「我告訴你們，船是鐵造的，不是氫氣，它肯定會沉的……」

「嗨，這是誰家的孩子，家裏的大人呢？」船員不滿地看着西恩。

我和張琳拉着西恩連忙走了，那名女士跟着船員進到了自己的房間。西恩上船前就有些情緒激動，這也難怪，畢竟我們知道這條船就要沉沒，但無法改變歷史。

三個人很快來到了前甲板上，甲板上到處都是人，大家都興高采烈的，很多人站在船舷的欄杆後面向下面的人羣招手，碼頭上的人也拚命向船上的

人揮手。

「再過一會，他們就要踏上前往紐約的航程了，可這船永遠到不了紐約。」我用低沉的聲音說。

張琳咬了咬嘴唇，沉默不語，看得出她也很難受。

「都是那個科姆里！」西恩四下張望着，好像要把科姆里揪出來，「這些人已經很慘了，還要來害他們，我饒不了他！」

「謝謝，請幫個忙，給我們照張相。」一名青年男子站到了我面前，遞過來一架相機。

「好、好的。」我接過相機。

那名男子連忙跑到他妻子站的位置，他的妻子還抱着他們的孩子，那孩子大概三、四歲，胖胖的，樣子很是可愛。

我連續給這一家三口拍了幾張照片，那名男子跑過來接過相機，再次道謝。

「你們在哪裏上的船？」那男子問。

「在……就在科……噢，是昆士敦。」我出現

了口誤，馬上掩飾道。

「跟你們的父母去美國？」那男子接着問。

「啊、對……」我說，「啊……你們呢？今後還回愛爾蘭嗎？」

「回來的可能性不大，我們從基爾菲南趕過來上船，把全部家當都帶上了。」那男子興奮地說，「我哥哥在美國的康涅狄格州建了一個農場，很不錯的……」

說着話，男子的妻子抱着孩子也走了過來。

「好可愛呀。」張琳禁不住摸了摸那個孩子的小胖臉，「你叫什麼？幾歲了？」

「我叫喬治，我三歲。」小男孩奶聲奶氣地說。

「哇，喬治。」張琳逗弄着小男孩，「胖胖的真可愛，好像一部電影裏的小童星呢，噢，長大要當大明星啦……」

「我、我在學校話劇社也演過哈姆雷特……」西恩在一邊說，「……的僕人……」

「轟——」的一聲，大家都笑了起來。

「喬治，到了美國你就能看到姐姐了，和這個姐姐一樣大。」喬治的父親笑着説，「也和她一樣漂亮。」

「我要去美國，我要去伯伯的農場，我會給牛餵草，牛都喜歡我餵的草……」小喬治揮舞着手臂，高興地喊道。

張琳望着小男孩，表情看上去十分難受。

「你們下船吧，這船要……」

「沉」字還沒有説出口，張琳就突然暈厥似的，站都站不穩了。我和西恩連忙扶着她。

「她沒事吧？」那個男子關切地問。

「沒事，我們去那邊休息一下。」我連忙説，「她興奮過度了。」

我和西恩把張琳扶到一邊，張琳似乎好一些了，她緊張地喘着粗氣，頭上還有汗滴了下來。

「我想我是觸碰那條穿越法則了。」張琳慢慢地説。

「怎麼回事？」西恩問。

「我想告訴他們船會沉沒的，我還沒把話説

完，就頭暈眼花的……」

「我能理解你。」我馬上說，張琳這人外表冷冷的，但內裏有愛心、正義感強，這點我是承認的。

「好厲害的穿越法則呀。」西恩說道，「其實我每次和人家爭辯船會沉沒，頭也會暈，還有一種透不過氣的感覺。」

「到這邊來透透氣吧。」我扶着張琳，走到了面向大海的一邊。

CHAPTER 4

惡人首現

　　午後的大海，一望無垠，湛藍色的海面很是平靜，天空中海鳥飛舞着。遠處的洋面上，一些輪船在穿梭着，那些輪船相比鐵達尼號都小很多，這從它們的煙囪數量上就能看得出來，那些船多數都只有兩個煙囪，而鐵達尼號有威武壯觀的四個大煙囪。

　　還是四月份，海面上的風吹來讓人感覺有些冷，張琳扶着欄杆，她現在好多了。西恩站在我和張琳身旁，眼睛沒有看着大海，而是不停地打量着周圍的人，他倆在尋找科姆里的蹤跡。

　　「嗚——」，震耳的汽笛聲突然響起，甲板上的人們發瘋一般地湧向碼頭一邊的護欄，船上船下的人們一起歡呼着。1912年4月11日中午1時30分，皇家郵輪鐵達尼號正式啟航，駛向美洲大陸的紐約——它永遠無法到達的目的地。

汽笛響過之後，我們微微感到船身在動，鐵達尼號極其緩慢地離開了碼頭，送親友的人羣目送着這艘巨無霸，船上的人們顯得更加興奮，有人還把帽子扔上了天空。

　　「我們的工作要開始了。」我說着看了看兩個同伴，「現在這條船上有2,207人，其中乘員1,317人，船員890人，不包括科姆里和我們三個……一層層地找，也不知道這傢伙藏在哪裏。」

　　「我們先去頭等艙，從那裏開始。」張琳說道，「這個傢伙已經在船上待了一天了，我想他一直也在尋找適合動手的地方。」

　　「嗚——嗚——」，汽笛聲又響了起來，我抬頭看了看四個巨大的煙囪，第一個煙囪已經冒出了淡黑色的煙霧。

　　「去頭等艙怎麼走？」我問張琳。

　　張琳拿出了圖紙，找到了去頭等艙的路線。

　　「跟我來吧。」張琳收起圖紙，向船艙走去。

　　我們三人進了船艙，在張琳的帶領下爬了一層樓梯，來到了頭等艙。幾個船員迎面走來，不過沒

人注意我們這三個孩子。

「這裏就是了。」張琳站在頭等艙的甲板外，指了指裏面的走廊，「不過我覺得在這裏的可能性不大，要我是科姆里就去三等艙做案，那裏人多，比這裏複雜。」

「理論上是這樣。」我說道，「不過科姆里先生可能挑食，如果他更喜歡貴族的血呢？」

「希望他喜歡我的血。」西恩伸出了一個手指頭，然後用一根針輕輕的在指尖上點了一下，一滴鮮血流了出來，張琳把這滴血吸進一個棉花團裏，隨後放進一個白色的小盒子裏。

「放大十倍，也許能釣他出來。」張琳說着把小盒子抓在手上。

小盒子是一個原味放大器，西恩那滴血的味道會被放大十倍，一般人聞不到什麼，可是科姆里對人血的味道極其敏感，如果聞到血的味道，一定會出來看個究竟。科姆里不知道我們這三個特種警察跟了上船，所以我們想用這種辦法引他出來，這樣更加主動，也能提高找到他的概率。

我們走進了頭等艙，我在最前面，張琳居中，西恩在最後面，我們走得很慢，邊走邊看，頭等艙的房間門大都是關着的。張琳的手揮舞着小盒子，努力使血的味道擴散得更遠。

從我們身邊走過來幾個優雅的夫人，我對她們笑了笑，她們也對我笑笑，這條船上，沒有誰知道我們是少年特工，而且來自一百多年後。很快，我們結束了對頭等艙的搜索，科姆里應該不在這裏。

「去二等艙。」在頭等艙的走廊盡頭，我說道。

三個人沿着樓梯下到二等艙，還是剛才的隊形排列，沿着二等艙的走廊開始了搜尋，不過依然沒有什麼結果。

我們下到船身下層的三等艙，這裏比頭等艙顯得雜亂一些，進進出出的人也很多，一些孩子非常興奮地在走廊裏跑來跑去的，其中一個房間裏還有個男人在放聲歌唱，不過他唱的誰也聽不懂，張琳和我為那是希臘語的演唱還是斯拉夫語的演唱發生了一點小爭執。

三等艙有好幾層，我們依次搜索完畢，科姆里沒有出現。張琳最為沮喪，她一直以為科姆里一定藏在三等艙。我們躲在最下層的走廊盡頭，小聲討論起來。

　　「這傢伙不會是去工作區域了？」張琳想了想說。

　　「不太可能，那裏都是員工，他去那裏肯定會引起注意的。」我說，「因為他不是員工。」

　　「那我們去甲板上看看，也許他在甲板上。」西恩想了想說。

　　「好，我們走。」

　　我們找到一個樓梯口，連上幾層樓梯，從船的右舷一側出了船艙，來到了甲板上，我們互相看了一下，然後向前甲板走去。鐵達尼號已經駛離了大陸，前甲板上到處都是看風景的人，海上刮起一股很大的風，不過這沒有影響甲板上那些人的興致。

　　「科姆里！」張琳突然小聲地叫了一聲，她的眼睛看着船的左舷，「絕對是他！」

　　「啊？在哪？」西恩和我就在張琳身邊，聽到

後心裏一驚。

　　「就在左舷那邊。」張琳說完就向船的左舷跑去，「跟我來！」

CHAPTER 5

設計師遇襲

　　西恩和我都跟着張琳跑去，我的心跳加速，眼看就要和科姆里交手了，不緊張是不可能的。科姆里不會想到有特種警察上了船，所以要在一個無人的環境採取突襲的方式擒獲這個傢伙，剛才張琳發現了他也儘量不露聲色。

　　我們三個追到船尾，船尾空蕩蕩的，只見科姆里悄悄地走向一個看着什麼東西的男子的背後，他手一揚，並沒有碰到那個男子，但那個男子當場就倒下了——科姆里一般使用迷幻劑讓人昏迷。

　　「喂——」西恩叫了一聲，他想阻止科姆里的進一步加害。

　　科姆里回頭看到了我們，嚇得立即就跑，他應該還不知道我們是特種警察，只是覺得被人看到了。

　　張琳和西恩追了上去，我則跑過去扶起那個暈

倒的男子，伸手摸了摸那人的脖子，發現那人只是暈了，沒有生命危險。我聞到了迷幻劑的味道，自己也有些頭暈，不過還好，迷幻劑不可能持續發揮效力。我扶着那個人，把手抬了起來。

「西恩，我是凱文，追到沒有？」我對着萬能手錶說。

「給他跑了。」我手錶上的水晶球裏露出了西恩的臉，西恩顯得很是懊惱。

我叫他們回來，沒一會，西恩和張琳垂頭喪氣地走了過來。

「是科姆里確認無疑了。」張琳看了看那個暈倒的人，「個子很高，很瘦，還襲擊了這個人……他沒事吧？」

「還好，過一會應該能醒來。」我說。

「科姆里不可能沒有聞到血的味道。」西恩說着指了指我懷裏的那個人，「那科姆里應該跑過來找味源的，可他怎麼對這個人下手了？這人又不是味源。」

「當時船是由西向東走，有一股很大的風從

北向南刮，應該是風把血的味道吹跑了。」我分析道，「所以他可能沒有聞到鮮血味，而是隨機地找目標，這人就是他隨機找到的，正好單獨一個人，他就下手了。」

張琳撿起了那個男子掉在地上的紙，剛才他就是專心看這張紙的時候被襲擊的，張琳看了看那張紙，發現那是一張圖紙，描繪的正是船尾的平面圖。

「好像是個工程師嘛。」張琳説着又看了看那個男子，突然，她驚呼起來，「啊……他是……」

「怎麼了？」西恩和我被嚇了一跳。

「安德魯！他就是安德魯先生，這條船的設計師！」張琳激動得手都在抖了，來之前我們都看過這船上一些著名人物的照片，對於我們來説，記住看過的人的相貌已經成了一種本能和必要的本領。

「對對對，安德魯。」西恩也驚叫起來，「他就是安德魯，我説那麼眼熟呢。」

「這個科姆里，差點害了設計師！」我也叫起來，「喪心病狂，他這是等不及了，大白天的就開

始找目標了。」

「我、我這是怎麼了……」安德魯睜開了眼睛，疑惑地看了看我們。

「你剛才暈倒了……暈倒了……」我馬上說，「我們剛好路過，你沒事的……」

張琳連忙把那張圖紙遞給了安德魯，安德魯接過圖紙，充滿感激地看了看我們。

「謝謝，非常感謝。」

「嗨，還沒看完嗎？」一個聲音傳來，伴着這個聲音，有個人走了過來。

西恩他們一下就認出了這個人——白星公司的經理伊斯梅，就是他叫船長開快船，出事後又逃上了救生艇自保。我們三個都沒有理睬他。

「我剛才不知怎麼暈倒了，不過現在好了。」安德魯說着指了指我們，「他們幫了我。」

「沒什麼，安德魯先生，這是應該的。」張琳說道。

「啊？你知道我的名字？」安德魯大吃一驚。

「啊……圖紙上有個簽名……」張琳連忙說，

「漂亮的簽名，我想應該是你的名字……」

「偉大的設計師，鐵達尼號的設計者，誰能不知道呢？」伊斯梅笑了笑，「安德魯，你比我有名。」

安德魯也笑了笑，他問我們的名字，我們搶着報出了自己的名字。

「你們是一起的？」安德魯問。

「是的。」西恩搶着回答，「我們從昆士敦上來的。」

「安德魯先生，你造的船真漂亮。」我着急了，也想和安德魯説上幾句。

「乘坐也很舒適……」西恩跟着説，「要是在安全方面……」

「安全方面？你説安全方面？」伊斯梅笑了起來，「這是最安全的船了，沒有再比它安全的了。」

西恩瞪着他，想説什麼但是又説不出口，就在這時，一個身穿制服的人走了過來。

「船長……」西恩一下捂住了嘴巴。

來的人正是鐵達尼號的船長史密斯，他留着白色的鬍子，走起路來顯得非常穩健。西恩和我都興奮地看着走過來的船長。

　　「你們果然在這裏。」史密斯走到安德魯和伊斯梅身邊說。

　　「我正和你的小乘客聊天呢。」安德魯笑着看看我們。

　　「你好，船長先生。」西恩連忙對史密斯笑笑。

　　「噢，你們好。」史密斯也笑着看看我們三個。

　　「船長先生，您的船真大。」我誇讚道。

　　「速度也快，要是能降低一些速度……」西恩插話說。

　　「降速？你覺得不舒服？」伊斯梅叫了起來，「我們要儘快到達紐約，這個船上的人都這樣想……」

　　「再快也快不過波音777。」西恩不滿地嘀咕了一聲。

「波音？777？」伊斯梅愣住了。

「啊，沒什麼……」我拉了一把西恩，「他是說一種傳說中的飛行器，童話書裏說的……」

「那麼，愛看童話的小乘客們，再見了。」史密斯說，「祝你們旅行愉快。」

「再見。」張琳馬上說。

「對了。」安德魯突然停下了腳步，「後天，就是13日上午我想邀請你們參加一個派對，就在頭等艙的舞廳，時間是上午10點，派對結束後我們共進午餐，這是我對你們的感謝，希望你們的父母也來參加……」

「應該可以吧……」我看看兩個伙伴。

「那太好了，到時請一定參加。」安德魯微笑了一下，隨後走了。

「真是一位紳士。」張琳望着安德魯的背影說，「我真想參加這個派對呀。」

「派對的事以後再說。」我說道，「現在說說科姆里的事，剛才我們驚動了他，不過他不太可能知道我們的身分，因此剛才的失敗，他也明白白天

下手不方便，今晚出來害人的可能性極大，我們在快半夜的時候出來找他，儘量用血吸引他上鈎。」

「好，就這樣。」西恩點着頭説。張琳也表示贊同。

「過一會我們去吃晚飯，再休息一下，晚上行動。」我説。

「去哪個餐廳呢？」西恩對吃比較感興趣，連忙問。

「頭等艙……」我笑了笑，「那是不可能的，我們經費有限，技術科不會給我們很多這個年代的貨幣的，所以還是去三等艙的餐廳吧。」

「三等艙就三等艙。」西恩也笑了笑，「再説在三等艙遇上科姆里的機會可能大一些。」

「現在我們幹什麼？」張琳問道。

「那……參觀一下這艘船，大家沒意見吧？」西恩提議。

當然沒人有意見。我們三個來到了頭等艙的露天甲板上，甲板上有很多人扶着護欄看着遠方的大海，還有一些乘客租了椅子，躺在上面優哉游哉

的。

「我也想去租把椅子。」西恩不無羨慕地説。

「你可真夠懶的。」張琳皺着眉説，「我們其實還在工作中呢。」

「我知道。」西恩不高興地説，他突然看到了冒着濃煙的煙囪，又興奮起來，「嗨，你們看煙囪冒出來的煙，像不像是……」

「像什麼？」我看了看煙囪，問道。

「像你的頭髮。」西恩笑着對我説，説笑起來，「還記得嗎，上次抓那個獨臂罪犯，他用閃電攻擊你，你的頭髮和臉被炸成了黑色……哈哈哈……那頭髮就是這樣的……」

「西恩，你就記得這些！」我不開心地瞪着西恩，「你忘了是我發現線索找到他嗎？」

「你那個樣子令人印象深刻唄。」張琳面無表情地説。

「我……」我有點生氣，不過此時不想和張琳爭辯，「隨你們怎麼説吧，走，去前甲板……」

我説着向前走去，他倆跟在後面。船很漂亮，

海面的景色也美，但我們心情都不太好，這不是因為拌了幾句嘴的關係，我們可是經常拌嘴的。一切都是因為眼前這艘漂亮的船不久就會沉沒，而船上有很多人會因此失去生命，一想到這裏，我們就喪失了遊覽的興致，在船上走動，僅僅是因為要熟悉地形，畢竟我們還有要完成的任務。

晚餐的時間很快就到了，我們來到三等艙的餐廳，這裏已經是人聲鼎沸，整個餐廳充滿了飯菜的味道，西恩的鼻子不住地吸着，眼睛盯着人家的餐盤。我們轉了一個下午，都很餓了。

「米湯、清燉牛肉、水煮馬鈴薯……」張琳唸着餐牌，「還算豐富。」

「我要吃清燉牛肉，還有水煮馬鈴薯、米湯也要……」西恩看着餐牌，口水都要流下來了。

「你就説你不要什麼。」張琳很是無奈地説。

西恩聳聳肩，一副若無其事的樣子，他點了一份餐，坐到座位上狼吞虎嚥地吃起來，等到張琳和我端着晚餐走過來，他已經快吃完了。

「這可是最搶手的紀念品呀。」西恩指着自己

的盤子説，只見盤子的中心畫着一枝有白色五角星圖案的旗子，下面還有「白星航線」幾個字。

「拍賣公司經常舉辦鐵達尼號物品的拍賣會，煤塊都能賣上大價錢，這種瓷盤更搶手。」我説。

「可惜不能帶幾個回去。」西恩不無遺憾地説。

我們邊説邊吃，還不時地看着周圍，希望科姆里能夠出現在餐廳，不過等到我們吃完，也沒有看到科姆里的影子。

我們把餐盤放到回收處，看到一個餐廳的服務生站在不遠的地方，西恩連忙走了過去。

「請問你有沒有見過這個人？」西恩説着拿出了科姆里的相片，很有禮貌地問道。

「好像沒有。」那個服務生輕輕地搖了搖頭，「這是誰？」

「是……」西恩一下被問住了。

「是我們的一個叔叔，我們在二等艙，他可能跑到這裏偷偷買酒喝，他可是不能喝酒的……」我馬上走過來圓場。

「彩色的？好逼真呀。」那個船員對相片很感興趣，因為這時彩色照相技術還沒有發明出來。

「其實是……微型油畫……」我拉了拉西恩，「我們去其他地方找啦……再見。」

出了餐廳，我看了看西恩。

「盡量不要把現代的東西在他們面前展示，會引起不必要的麻煩的。」

「我忘了。」西恩抓了抓頭髮。

「下回我可不想再給科姆里當侄子了。」說着，我的眉毛揚了揚。

我們三個回到二等艙的小儲藏室，我把門反鎖上。

「我們先休息一下，午夜開始行動。」

鐵達尼號乘風破浪，開始向紐約進發，根據白星公司經理伊斯梅的要求，為了打破歐洲到美洲的最快航行記錄，鐵達尼號開足馬力全速前進。這條大船在已起波濤的大西洋上孤獨地前行，晚霞籠罩在船身之上，把船染成了桔紅色。沒過多久，天完全黑了下來，一些旅客興奮的精神經過夜色的提

醒，慢慢地開始紓緩，很多人早早的開始休息了，不過船上的旅客誰都不知道，有個叫科姆里的壞人穿越過一百年的時光來到了船上，而追蹤者也緊隨而至。

晚上十一點多，我第一個醒來，搖醒了鼾睡的西恩，又叫醒了張琳。

「西恩，晚間遊覽計劃要開始了。」我推着不肯起來的西恩，「鐵達尼號半日遊⋯⋯」

「快起來。」張琳也推了西恩一把，「剛才你打小呼嚕，我都擔心你把路過的船員引來呢！」

西恩揉着眼睛，很是勉強地坐了起來。

「一會出去後，我們還是從頭等艙開始找。」我開始了安排，「要是遇上船員詢問，就說西恩不舒服，我們帶他去找一個認識的醫生。」

「我確實不舒服，再睡兩個小時就舒服了⋯⋯」

西恩說着就躺了下去，我和張琳馬上把他拉起來。西恩很不情願地被拉了起來，他揉着眼睛，張琳在西恩腦袋上拍了幾下，他算是清醒了。

「有效期二十四小時。」我拿出了那個吸引科姆里的小盒子遞給張琳，「還是你拿着這盒子。」

我説着推開了房間門，伸頭向外看了看，沒有發現什麼人，我第一個出了房間，張琳和西恩緊跟着走了出來。

出了房間，我們上了頭等艙的樓梯，進入了頭等艙的走廊，張琳開始輕輕揮舞着手裏的小盒子，希望把科姆里引出來。

忽然，一個穿着白色制服，手捧托盤的船員面無表情地迎面走來。

「嘿嘿……我不舒服。」西恩連忙説，「他倆帶我去找一個認識的醫生……」

那個船員沒有説話，只是微微地點了點頭，端着盤子走了。

「他又沒問你！」張琳不滿地對西恩説，「要不要我找個喇叭你來喊？」

「嘿嘿……」西恩摸着腦袋，笑了兩聲。

頭等艙的搜索很快結束，科姆里沒有出來，我們對二等艙的搜索也毫無結果，西恩有些垂頭喪氣

的。

「這個傢伙，是不是病了？躲在哪裏發燒呢？」西恩嘟嚷了一句。

「還有三等艙呢。」張琳説，「你做什麼都這麼着急！」

我們來到三等艙，剛剛跨進走廊，就看見一羣人圍在走廊裏，地上好像還躺着一個人。我們連忙跑了過去，擠進人羣，只見一個男子緊閉雙眼躺在地上，已經昏迷了。我彎下身子，在那個男子的脖子上，有一個極為細小的出血點，我大吃一驚，因為科姆里吸血的方式就是先利用迷幻劑讓人昏迷，然後在脖頸吸血──這點和吸血鬼一樣。

「科姆里！」西恩咬着牙齒，小聲地擠出幾個字。

　　張琳俯身下去，摸了摸那個男子的脖子，人們都瞪大眼睛看着這個小女孩，圍觀的人裏有幾個人用一種完全聽不懂的語言議論起來。

　　「還有救。」張琳看了看我，隨後壓低了聲音，「只吸了一點血。」

　　被科姆里完全吸血的人一般都是全身慘白，而這個人身上沒有什麼異樣。

　　「快去找一杯水來。」我抬頭看了看身邊那些圍觀的人説。

　　「我去吧。」一個男子説道，「我的伙伴已經去找船員了。」

　　那個男子很快從旁邊的房間裏找了一杯水，我接過來，在裏面放了一些治療藥粉，把水給那個男子喝下去。半分鐘後，那男子猛烈地咳嗽了一聲，隨後開始大口地呼吸，眼睛也微微睜開了。人們都

鬆了一口氣。

「他剛才怎麼倒下了？」我抬頭問端水來的
人。

「我不知道，是這幾位先生發現他的。」端水
來的男子指着那幾個説着聽不懂的語言的人説道。

幾個説着聽不懂的語言的人嘰哩咕嚕地對我説
着話，我一句也聽不懂，非常着急。

「怎麼了？」一個船員走了過來，他是端水男
子的同伴找來的。

「我也不知道。」我扶着受傷男子説，這時，
那個男子已經顯得好多了，「他剛才昏迷了，不過
現在好些了。」

那幾個男子對船員比劃着，説着什麼，船員居
然完全明白他們的意思，和他們展開了對話。

「到底怎麼回事？」張琳站了起來急切地問，
「他們説的是什麼話？」

「意大利語。」那個船員解釋道，「他們説剛
才在酒吧裏喝酒，回來睡覺的時候發現這個受傷的
人躺在地上，一個男人好像在對他進行救治，不過

他們一出現，那個男子就飛快地跑掉了。」

「那個人長什麼樣子？穿什麼衣服？」我問道。

船員馬上把問話翻譯給那幾個意大利人，那幾個意大利人飛快地回答起來。

「他們沒看清，大概是紅褐的頭髮，很瘦，個子很高。」船員翻譯道。

「水，再給我一些水。」受傷的男子說出了話，他掙扎着坐了起來，幾個圍觀的人連忙把他扶好。

張琳又給他喝了一些水，他明顯的好多了，也不喘粗氣了。

「你剛才怎麼了？」張琳急切地問。

「我要去洗手間，忽然聞到一股味道，就暈倒了，我也不知道怎麼回事。」那個男子說着站了起來。

「是不是苦杏仁的味道？」西恩馬上問。

「好像是……嗯……應該是。」

「請你把他扶到房間去吧。」我對那個船員說

道，「他睡一覺就全好了。」

「謝謝你們。」受傷的男子連忙致謝。

「你們還不去睡覺？」那個船員隨口問我。

「我有點不舒服，他倆帶我去找一個認識的醫生。」西恩搶着回答。

「船上有醫務室的，就在那邊。」那個船員指了指一個方向。

「謝謝。」我連忙説。

那個船員扶着受傷的男子走了，幾個意大利人也都走開了。我把張琳和西恩拉到一個角落。

「一定是科姆里幹的，他剛要開始吸血，那幾個意大利人就出現了，他便逃跑了。」

「使用的是迷幻劑，這種氣體帶有強烈的苦杏仁味。」張琳跟着説。

「看來這個傢伙就在三等艙，我們分頭行動，張琳，你去下面一層，西恩去最底的一層，發現他的蹤跡立即聯繫。」我布置起來。

事不宜遲，我們三人分別開始搜尋。我們知道科姆里一定就在三等艙伺機下手，剛才他差點得

手，我們要在他再次出手前找到他。

　　我在走廊裏急急地找尋着科姆里的蹤影，但沒有什麼發現。科姆里不會到客房去做案，因為他沒有船票進不去，他的做案方法應該是在走廊裏挑選獨處的乘客下手，就像剛才一樣。

　　「張琳，張琳，我是凱文。」我開始對着手錶呼叫，「有發現嗎？」

　　「我是張琳，沒有任何發現。」

　　「我，我，我是西恩，我看見……」話還沒説完，就突然中斷了。

　　「西恩，西恩。」我急忙開始呼叫西恩，「是你嗎？怎麼了？」

　　我叫了幾聲，但是沒有任何回應。

　　「西恩，我是凱文，聽到請回答！」我着急了，對着手錶叫了起來。

　　依然沒有任何回答。

　　「我是張琳，我呼叫西恩沒有任何回答！」我的手錶裏傳出了張琳的聲音。

　　「接着呼叫。」我急促地説道，應該不是通訊

問題，這種手錶的通訊系統是極少出問題的，我頭上的汗都下來了，邊呼叫邊向下層艙位跑去，「西恩、西恩，聽到請回答……」

手錶面上，只有張琳的頭像，西恩的頭像始終沒有出來。

「張琳，我們馬上到最下層的艙位，快！」

「明白，我馬上去。」

很快，我就跑到了最下面的艙位，沿着走廊跑了二十多米，就看到張琳迎面跑了過來，她的臉色也非常焦急。

「凱文，看到西恩了嗎？」

「沒有，我剛來。」

「裏面也沒有，我都找過了。」

「啊？!」我站在原地愣住了，心都要跳出來了。

張琳也有些不知所措了，總共不到十分鐘的時間，西恩就不見了，要知道他可是一名訓練有素的特種警察，各方面能力都是極高的。

「一定是遭到了科姆里的襲擊。」我的眉毛都

要擠在一起了。

「這、這可怎麼辦？」張琳的臉漲得通紅。

正說着話，一個船員抱着個皮箱從不遠處的樓梯走了下來，有些詫異地望着我們這兩個孩子。

「這麼晚了，還不去睡覺？」

「我們……我們的同伴不見了……」我說。

「是不是一個高個子的男孩和一個瘦男人？」那個船員說。

「對！」我吃驚地叫了起來，「個子高，啡頭髮，穿米黃色上衣……」

「他爸爸背他上去了，說他病了，我看那男孩好像昏迷了。」

「科姆里！」張琳捂住了嘴巴。

「往哪裏走了？」我急忙問。

「上去了，說是去醫務室。」

「謝謝。」我說着拉了拉張琳，「快！去救西恩。」

說完，我就上了樓梯，我和張琳剛才下來的樓梯和船員下來的樓梯相隔三十多米，所以沒有碰上

「瘦男人」和「高個子男孩」。

「他們會去哪裏呢？」張琳邊跑邊問。

「跟我到甲板去。」我大聲説道。

我們飛快地上幾層樓梯，跑到了後甲板的一個出口，我推開艙門，外面很暗，一些船艙裏透出來的燈光映射在甲板上，甲板上的東西依稀可見。

猛地，我發現在左側十幾米的地方，一個黑影在船舷邊上晃動着，我又向前跑了兩步，發現一個高瘦的男子正在把一個孩子托起來，看樣子是要把他扔到海裏去。

「科姆里——住手——」我大喊一聲，向科姆里猛撲過去。

與此同時，張琳已經出手了，她右手衣袖掉出一個半個手掌大小的盒子，這是藏有她攻擊武器的先鋒寶盒，盒子上有三個按鈕，張琳按下了藍色的按鈕，鉛筆長的寶劍出現在她的手中，旋轉三下後變長，這是張琳的霹靂劍，她手持霹靂劍，飛身就刺了過去。那傢伙聽到我的喊聲，嚇得鬆了手，緊接着，霹靂劍刺了過去，那傢伙一閃，劍刺到船舷

上的欄杆，發出清脆的一聲。

高瘦男子轉身想跑，我飛身一躍到了他的跟前，帶着風聲的拳頭猛地打向高瘦男子，面對面遇上，我已經看得非常清楚了，他就是科姆里。

科姆里伸手一擋，撥開了我的拳頭，他反手一拳打來，我連忙躲開。

「嗨——」張琳飛身趕到，她的身體飛起來有五米多高，居高臨下一劍砍了下來。

科姆里正在和我交戰，張琳一劍砍下，他連忙閃身，但肩膀還是被張琳掃到，科姆里怪叫一聲，差點摔倒在甲板上。張琳是小組的攻擊大師，攻擊力可是異常強大的。

「防衞盾——」擁有超能力的科姆里喊了一聲，手中出現了一面半透明的盾牌，他把這面泛着白光的盾牌擋在身前，抵禦張琳的刺殺，他也看出了張琳的實力。

「啪——」的一聲，張琳的霹靂劍刺在了盾牌上，那盾牌不一會就被刺穿，穿過盾身的霹靂劍劍尖直直地逼近科姆里的身體。

科姆里一驚，他將那盾牌猛地抬了起來，劍也被抬了起來，科姆里想以此折斷張琳的劍。

　　張琳迅速從抬升的盾牌中抽出劍，再次刺向科姆里，科姆里連忙擋住，霹靂劍又再刺進盾牌，科姆里繼續想折斷張琳的劍，張琳再次將劍抽出。

　　「嘿——抽血絲——」科姆里騰出一隻手，這隻手的掌心甩出一根細細的空心鋼絲，這種鋼絲刺中人的身體後，能立即抽取人的血液，這是他的利器。

　　「噹——」，張琳揮劍擋開了抽血絲，霹靂劍撞擊吸血絲的地方，發出耀眼的金屬撞擊火花。

　　擋開了抽血絲，張琳再次揮劍砍向科姆里，科姆里連忙把盾牌護在頭上，張琳的劍一下就被彈開了。

　　「流星錘——」張琳看到霹靂劍攻擊遇阻，於是把霹靂劍收進寶盒，隨後按下先鋒寶盒上的銀白色按鈕，一柄帶鏈子的圓錘出現在手中。

　　「呼——」的一聲，張琳拋出流星錘，狠狠地砸在盾牌上，「哃——」的一聲，那盾牌被砸成了

四片，碎片落在甲板上。

「啊？」科姆里大驚失色，扔掉了盾牌的把手。

張琳大喊着繼續向前，想把流星錘砸向科姆里。

「嗖——嗖——嗖——」科姆里慌忙向我們這邊甩出十幾枚短短的利箭。我和張琳連忙躲閃那些劃着白光飛來的利箭，趁此機會，科姆里掉頭就向後甲板方向跑去，很快，他就隱沒在夜色中。

我和張琳顧不上去追趕科姆里，來到那個臉朝向甲板趴着的人跟前，彎下腰把那人翻轉過來，這人正是西恩。

「西恩——」我扶起西恩，大聲呼喊着他的名字。

西恩氣若遊絲，雙眼緊閉，臉色發白。張琳急忙把西恩的嘴撬開，將一些救治藥粉倒了進去，不久，西恩的身子微微地動了一下，呼吸聲也開始加大。

「嚇死我了。」張琳坐到了地上，長出一口

氣，「我還以為他⋯⋯」

「西恩，好些了嗎？」我輕輕地搖晃了一下西恩。

西恩還是沒有醒過來，不過他慘白的臉開始變得有血色了，張琳跑進客艙裏，她知道二等艙有個供應食水的水房，不一會，她端了一杯水出來，又拿出一包救治藥粉，慢慢地給西恩灌了下去。救治藥粉具有緩和、治癒任何攻擊傷害的功能。

西恩吃了急救藥粉，又喝了些水，緊閉的雙眼慢慢地睜開，他痛苦地看着兩個同伴，大口地開始呼吸。海面上的冷風吹過，空氣十分新鮮，西恩的手微微地抬了一抬。我發現，西恩左手上戴的手錶不見了。

「我在哪裏？」西恩緩緩地問。

「還在鐵達尼號上。」張琳馬上說，「你沒事了。」

「剛才、剛才我看見科姆里了。」西恩指了指甲板下面，「肯定是科姆里⋯⋯」

原來，西恩剛才飛快地下到最底一層船艙，

進到走廊裏，他猛地發現前方有一個高高瘦瘦的背影，急忙跟了上去，跟蹤了有三十多米，那個男子進了一個轉角，西恩連忙跟上，卻不見了那個人的蹤影，西恩邊向前走邊舉起左手，通過手錶來呼叫我和張琳，誰知剛剛說話，腦部就被重擊一下，當場昏了過去。醒來的時候，已經在甲板上了。

「你肯定遭到了科姆里的偷襲。」我握了握拳頭，「這個傢伙很狡猾，跟蹤他的時候你被發現了。」

「我的手錶不見了。」西恩抬起了左手手臂，「給科姆里拿走了。」

「哼，先寄存在他那裏，還不用交保管費呢。」我想了想說，「現在西恩受了傷，我們的行動更要謹慎了。」

「我先把他扶到儲藏室休息一下吧……」張琳說着伸手去扶西恩。

「我沒事的……」西恩說着掙扎着想站起來，「現在就去找科姆里……」

話音剛落，西恩就摔倒在我懷裏，他剛才受到

科姆里的一擊，雖然服下了救治藥粉，也不可能馬上恢復體能。

　　「走吧，你要休息一下。」我説着和張琳扶起西恩，「科姆里跑不了，他就在這條船上。」

CHAPTER 7

干擾器

　　我和張琳把西恩架到二等艙的小儲藏室，西恩躺下後，沒一會便睡着了。他腦部的傷比較重。這個時候我要和張琳守護着西恩，暫時不能去抓捕科姆里了，而科姆里是一個危險分子，知道自己跑不掉，不知道會做出什麼舉動來。

　　「科姆里知道我們的身分了，會不會穿越離開呢？」張琳問，她看了看那台穿越干擾器，「這儀器管用吧？」

　　「技術科的人說非常管用。」我說。

　　「你現在是不是分析一下科姆里來這條船作案的全過程呢？再判斷一下他下一步的走向，也好確定我們下一步的行動方向。」張琳又問，「現在我們有些時間梳理一下了。」

　　「這個……」我想了想，的確，張琳說的有道理。

我大致想了一下，根據費瑟蘭交待的一些比較粗淺的情況分析，科姆里應該是看到關於鐵達尼號物品拍賣的報道，突發奇想，要到鐵達尼號上做案，這條船沉沒後，誰會知道一些遇難者其實是被他暗害的呢？

　　這個傢伙很是狡猾，他需要用人血作為超能力的能量源，他決定對船上的每個受害者都只吸食少量血液，這樣，這些受害者在沉船前始終處於一種昏迷狀態，一般的醫生都會以為這些人身體虛弱，經不起航行的顛簸所致，所以倖存的人也不可能在事後說發現船沉沒前有人被吸血。根據目前我們在船上發現的情況，科姆里好像就是這樣做的。

　　登船之後科姆里的去向等，就是我的推斷了，科姆里弄到了那兩份名單。核對後發現沒有特種警察登船，他連忙趕往南安普敦。實施穿越登船後，他沒有立即下手，他要等到鐵達尼號駛離愛爾蘭後再出來做案。

　　這些天，白天他在船上遊來蕩去的，晚上則躲在某個角落裏。他選中的第一個目標，應該就是安

德魯先生，這是他隨機選中的。這次失手後，他在凌晨12時多，在三等艙謀害另一個乘客，結果又被人發現逃走。躲在角落裏的他高度敏感，他忽然發現西恩在他身後跟蹤着，便襲擊了西恩，拿走了手錶，他當然清楚西恩手腕上那隻「手錶」其實就是特種警察使用的聯繫系統，他知道特種警察在抓他。

目前的情況是，看到沒有追兵，在某個角落躲着的科姆里知道我們一定是在救援自己的同伴，此時不可能追殺過來。他會怎麼做？我判斷他想逃離這條船的可能性最大。

「有這個儀器，他是逃不掉的，接下來，我們去哪裏抓他呢？」張琳聽完我較完整的推斷，問道。

「這個……」我陷入深思中，這個問題很棘手。

忽然，穿越干擾器的綠燈頻繁閃爍，我立即上前去看，這種比正常運作狀態下閃爍頻率快五倍的情況持續了半分鐘，然後干擾器上的熒幕出現了一

行字。

　　「成功阻止了一次穿越。」我一字一句地看着熒幕唸道，隨後點點頭，「好，不用多說，科姆里試圖穿越逃走，被阻止了。」

　　「這就好。」張琳很高興，「他跑不掉了，接下來看我們的了。」

這時是1912年4月12日的凌晨，北大西洋上，鐵達尼號乘風破浪行駛在海面上，海上起了一些風浪，夜色中黑雲翻滾着，雨點拍打着船身。鐵達尼號義無反顧，全速前進。

我們隱身的儲藏室裏，一片黑暗，我們都沉沉的睡去了。

「啊——」張琳突然驚叫一聲，醒了。

「怎麼了？」我也被吵醒了。

「沒事，做了個噩夢罷了。」張琳擦了擦頭上的汗，平靜了下來。

外面，有一些腳步聲傳來，還有一些人的説話聲。張琳看了看自己的手錶，水晶球一樣的螢光錶面映射出指針的位置，已經是早上7時了。

我們開了燈。西恩還在睡覺，他的臉色看上去好一些了，他壯實的身體有節奏地起伏着。

「我去買些早餐。」我小聲對張琳説，「西恩要是醒了，先給他喝些水。」

我端着早餐回來的時候，西恩已經起來了。

「喝水了吧，感覺怎麼樣？」我關切地問。

「還好。」西恩説，「但是站起來走路還是不穩……我給大家添麻煩了……」

「這可不怪你。」張琳説，「你也不想這樣。」

「都是我太着急，急急地追過去，沒想到他藏起來襲擊我，要是面對面，哼……」

「你不要着急。」我用安慰的口吻説，「休息一下，會恢復的。」

「那個科姆里，不知道藏在什麼地方？」西恩説。

「他跑不了的，他的退路已經斷了。」我看着那台干擾器説，「告訴你，干擾器起作用了，阻止了科姆里的逃跑，干擾器熒幕上都顯示了。」

「太好了……」西恩興奮地説，但是他似乎又有些憂慮，「凱文，他確實逃不掉了，但我們現在

也沒有抓到他，你說他還會不會出來害人？」

「不太可能了，他知道我們在船上，應該會極力躲避。」我說着指了指早餐，「來，先吃早餐……」

大家一起吃完早餐，西恩靠在艙壁上休息。

「用誘餌釣魚的方法肯定是不管用了。」我說道，「科姆里有了防備，他一定會躲藏起來。他知道自己逃不掉了，我判斷他應該是想等到船撞到冰山後，在混亂中溜上救生艇，再溜到紐約，那樣就能擺脫我們了。」

「哼。」張琳的眼睛看着印有「白星航線」的餐盤，「我們可不能讓他得逞。」

「他不會得逞的。」我站了起來，「張琳，你看護好西恩，我去外面轉一轉，看看他能藏在什麼地方，有什麼事馬上聯繫。」

「好的，你去吧。」張琳說，她看看我，「一定要小心。」

這倒是很少有的關心，我點點頭，端着餐盤出了儲藏室，先把餐盤送回到餐廳，隨後來到了甲板

上，此時已經是早上的9點了，甲板上的人開始多了起來。

早晨的陽光顯得十分温暖，有很多的乘客租了躺椅放在甲板上，曬着太陽，全都悠閒自得的。遠處的洋面極為廣袤，鐵達尼號已經駛入了不見任何島嶼的北大西洋。

我扶着欄杆長長地出了一口氣，我可沒有什麼心情去欣賞這難得一見的大洋風光，因為船上還有一個罪犯要去剷除。

遠處的洋面上，一艘大船向這邊開來，甲板上的人們頓時興奮起來，那應該是一艘從美洲大陸駛向歐洲的大船，那船越開越近，遠距離和鐵達尼號相向駛過，雖然看不清對面船上的人，但是鐵達尼號上還是有很多乘客向那艘船興高采烈地揮着手。

那條大船也是一艘客輪，船上有兩個大煙囪，都冒着黑煙。

「嗚——」遠處的客輪響起了汽笛，在向鐵達尼號致意。

「嗚——」鐵達尼號也響起了汽笛，向那條客

輪回禮。

　　汽笛的聲音很大，我向汽笛聲傳來的地方看了看，只見鐵達尼號上的前三個大煙囪冒着黑色的煙柱，我有些詫異，鐵達尼號是全速行駛的，為什麼只有三個煙囪冒着煙，第四個煙囪好像在罷工。

　　我帶着疑惑地走回去，邊走邊看着那四個煙囪，突然，我感到腳下碰到了什麼。

　　「喬治，慢點。」

　　一個聲音傳來，我低頭一看，一個胖胖的小男孩碰撞了我一下，沒有站穩，就要摔倒了。

　　我連忙扶住小男孩，仔細一看，正是那天在甲板上認識的小男孩喬治。

　　「噢，太謝謝你了。」喬治的媽媽跑了過來，「這孩子一天到晚在船上亂跑。」

　　「沒什麼。」我笑了笑，摸摸喬治的頭，「以後可要當心呀。」

　　「在船上過得好嗎？」喬治的媽媽問，「你的朋友們好嗎？」

　　「很好，都很好。」我連忙說，「謝謝。」

隨便和喬治的媽媽聊了幾句，我便回去，經過一個房間的時候，只見一大羣人正往裏面走，門口有兩個船員在檢票。

「嗨，電影就要開始了，快點進場呀。」一個船員看我站在一邊一動不動的，馬上説。

「電影？」我眨了眨眼睛，「《蝙蝠俠》嗎？」

「蝙蝠？什麼蝙蝠？」那船員不解地問。

「噢，沒什麼？」我連忙掩飾，「我好像看見蝙蝠了……」

「船上有蝙蝠？」那船員很是奇怪，「老鼠倒是有，怎麼還有蝙蝠了？」

我早就跑了，回到了那個小儲藏室裏。西恩又睡着了，張琳看到我，示意小聲説話。

「有什麼發現？」張琳壓低聲音問道。

「沒有，甲板上都是人。」我説，「對了，剛才我又碰上喬治了，就是那個小男孩。」

「噢……」張琳若有所思地點點頭。

房間裏一下沉寂了，西恩在熟睡，我和張琳都

沒有説話，張琳還是一副心情十分沉重的樣子。

午餐是張琳去買回來的，西恩休息了一個上午，已經醒了，他精神還不錯，張琳進來的時候，他正和我説着話。

「我看你今晚還要休息一下。」我説。

「這樣一個晚上就白白浪費了。」西恩很是懊惱，「都是我不好。」

「被科姆里偷襲，能撿回一條命已經不錯了。」張琳放下餐盤，安慰道。

「張琳，剛才我和總部聯繫了一下，報告了西恩受傷的事。」我和張琳説。

「你沒有請求支援吧？我們可不用支援，我們能完成這個任務。」張琳的語氣很是堅決。

「當然。」我點點頭，「晚上你看好西恩，我自己去船艙裏走一走，要防止科姆里再出來害人。」

「你一個人去行嗎？」張琳問。

「我會很小心的。」我説，「我覺得他倒是不敢出來，我主要再去看看他能藏在什麼地方。」

「我沒事，你們一起去……」西恩扶着艙壁站了起來，但還是不穩，我和張琳連忙把他扶好。

「着急也沒用。」我對西恩説，「你是被一個超能力者襲擊的，恢復過來要有個過程。」

「你們兩個去，我一個人守在這裏，他要是來我就和他拼了。」西恩靠在艙壁上，揮了揮拳頭。

「你好好休息，張琳會照顧好你的。」我説。

「我守在這裏，你們去抓科姆里……」西恩還是堅持自己的意見。

「我的話你也不聽了嗎？」我的語氣加重了，「休息好了我們就會再次成為一個整體一起行動！」

「我……」西恩還想爭辨。

「不用再説了，現在我要説——這算是一個命令！」我的聲音放大了很多。

西恩看我生氣了，無可奈何地點點頭，沒有再堅持。他用關切的目光看看我。

「要是你單獨行動，千萬要小心。」西恩説。

夜晚很快就降臨了，由於晚上要外出巡視，我

好好地休息了一個下午。西恩正在好轉之中，晚餐的時候，他在房間走了一會，腳步輕鬆了很多。

晚上10時，我走出了儲藏室，先在三個等級的船艙裏轉了一圈，沒有發現什麼異常。

我知道，逃走失敗的科姆里就躲在這條船的某個角落裏，他一定很緊張，唯恐特種警察突然闖進來攻擊自己。他此時想的應該只是怎樣離開這條船，沒有什麼心思去害人。

現在是4月13日的凌晨，時間對我們來說，略有些緊迫了，因為我們知道的歷史，科姆里也知道，他一定盤算着，只要再躲過去一天多的時間，14日深夜發生撞擊冰山的事故後，他就可以趁亂混上救生艇，登上第一艘前來救援的「卡柏菲亞」號前往紐約了，或者利用超能力在海面上再呆上幾個小時，然後悄悄溜上第二艘前來救援的「加州人」號逃走。

CHAPTER 9

再次脫逃

　　這次巡查無果，我回到了小儲藏室。張琳和西恩已經睡下了，我也休息了一會，凌晨4時多，我又出去轉了轉，已經快早晨了，科姆里這時候出來做案的可能性不大了。

　　早餐是張琳去買的，她回來的時候，西恩正在房間裏活動，他的精神好多了，休息和急救藥粉最終發揮了作用，我覺得到了晚上，西恩就能回復狀態，重新投入到對科姆里的追捕行動中了。

　　大家吃完了早餐，西恩堅持要到外面去走一走，我也覺得他呼吸一下新鮮的空氣，有利於身體的康復——儲藏室的空氣確實沉悶了一些。

　　我和張琳跟着西恩，在甲板上慢慢地走着，昨天他的腿上像是綁着一個沙袋，步伐非常沉重，現在他的腳步由慢到快，輕鬆多了。

　　「哈哈……我好了……」西恩漸漸邁起了大

步，他快步走向船舷，雙手抓住護欄，眺望着大海，他興高采烈地回過頭大聲地喊道，「你們快來呀……」

突然，西恩看到頭等艙甲板上有一些船員進進出出的，忽然想起了什麼。

「安德魯先生的派對。」西恩興奮地説道，「我想去參加。」

「對了，我們收到了邀請。」張琳也難得有參加派對的興致，「西恩，你感覺怎麼樣？能去嗎？」

「沒問題。」西恩大聲地説，「我感覺很好。」

「那就走吧。」我説着就向樓梯走去。

我們興沖沖地來到了頭等艙的舞廳，派對還沒開始，一些衣着正式的先生和女士正在入場。女士們身上的珠光寶氣映射着富麗堂皇的大廳。

「但願那個伊斯梅不在這裏。」西恩小聲地説。

「你們好——」安德魯看到了我們，連忙打招

呼。

我們馬上走過去，伊斯梅不在，西恩顯得很高興，我們圍住了安德魯，搶着和他説話。安德魯把我們三個介紹給身邊的幾個人，他忽然想起了什麼。

「你們的父母……」

「他們不太舒服，有些暈船，不來了。」西恩接過話來，目前我們只能這樣説。

「暈船？」安德魯似乎有些驚奇，「這可是一條大船，很少有人暈船的。」

「他們……身體本來就不好，就不來打擾了……」我馬上説。

「噢，那太遺憾了。」安德魯聳了聳肩膀。

「安德魯先生，我看過介紹，這條船有十六個水密隔艙，有四個隔艙進水都不會沉没，可是萬一有五個隔艙進水呢？」西恩善意地提醒，雖然這改變不了歷史。

「這個……」安德魯皺起了眉頭。

「這種概率是不存在的。」説話的是伊斯梅，

不知道他什麼時候出現在大家的身後，他一臉的不屑，似乎很不高興，他瞪着西恩，「我想像不出有什麼糟糕的事情會導致出現你説的情況。」

「你……」西恩剛想爭辯，突然，他看到窗戶那裏一個人影一晃，臉色頓時大變。

我發現西恩的臉色不對。

「科姆里──」西恩的手指向窗戶，小聲對兩個伙伴説。

「噢，對不起安德魯先生，我們還有一些事情……」我連忙對安德魯説，「我們先走了。」

説完，我們三個一起衝了出去。

「現在的孩子，説走就走。」我們隱約聽到身後傳來伊斯梅抱怨的聲音，「真沒禮貌。」

我們一起衝到窗戶那裏，沒有發現科姆里，我們衝出船艙，來到甲板上。

甲板上，到處都是人，我們左顧右望，沒有發現科姆里的身影，我們穿梭在甲板上，來來回回地找了幾圈，都沒有任何結果。

「肯定是科姆里。」西恩上氣不接下氣地説。

「這傢伙好像在暗地觀察我們。」張琳說。

「那就讓他再參觀半天吧。」沉默了片刻，我緩緩地說道，「希望他珍惜這最後的美好時光！」

「西恩，你沒事吧？」張琳問道。

「沒事，我完全好了。」西恩很驚喜地說，「就是有點累。」

「我們還要回去那個派對嗎？」張琳小聲地問道。

「我不想去了，伊斯梅在那裏，我很不舒服。」西恩說。

我們沒有再回去參加派對，這個白天很快又過去了。晚餐的時候，西恩感覺更好了，他的身體可以說完全康復了。

我和兩個伙伴已經花了一個下午研究擒拿計劃。我確定，由於知道了我們的身分，科姆里不會再出來作案了，而他藏身之處，只能是一個少有人去甚至無人去的地方。我們就是要找到這種地方。

晚上11點多，我們三個人出了儲藏室，徑直來到三等艙。我們走進最上層的三等艙走廊，張琳手

裏拿着一張詳細的鐵達尼號圖紙，這次我們決定先從三等艙開始尋找，目標就是那些科姆里可能隱身的地方。

「前面是消防室。」張琳小聲地說，「裏面都是消防用具，可以容一、兩個人藏身。」

「好，跟我來。」我也壓低聲音，對兩個同伴揮揮手。

三個人一起來到消防室門口，張琳和西恩一左一右把住門，我站在門前，拿出了一個放大鏡一樣的東西，這其實是一個透視鏡，能穿越牆壁看到裏面的情況。我用這個透視鏡掃射了一遍消防室，沒有發現科姆里，我輕輕地搖了搖頭。

三個人又向前走去，我們接連搜尋了兩個儲藏室，還到了一個結束放映的電影院裏尋找，但都沒有發現科姆里的身影。

「前面是一個兒童遊戲室。」張琳走在最前面，對兩個同伴說。

向前走了幾米，張琳和西恩把住了遊戲室的大門。遊戲室裏黑乎乎的，看到這裏的大門上有玻

璃，我沒有站到門前，因為如果裏面有人，就會看到外面人的影子。我站在艙壁後，用透視鏡往裏面看。

「怎麼樣？」西恩隨口說，「走吧。」

我使勁拉了一把西恩，示意他不要說話，西恩明顯感到我的手在發抖。

沒錯，科姆里就躺在裏面，我清清楚楚地看到了他，他躲在一個滑梯後面，平躺着，似乎正在睡覺，我往一邊退了幾米，向兩個同伴招招手。張琳和西恩馬上湊了過來。

「是科姆里。」我的話有些顫抖，「我們以前一直都忽略這裏了。」

「啊？」西恩差點叫出來，他連忙摀住了嘴巴，心「怦怦」的亂跳。

誰都沒有想到，科姆里這麼快就被我們找到了，西恩以為怎麼也要找到半夜，搞不好找一個晚上也徒勞無功呢。

「稍等一下。」我走到艙壁旁，遊戲室有幾扇窗戶，我逐個去推。

第二個窗戶被推動了，這個窗戶沒有落鎖，張琳和西恩都很興奮，我小心翼翼地把窗戶推開，科姆里在休息，沒有察覺到。

「從這進去，千萬不要弄出什麼聲音來。」我對張琳和西恩說，聲音壓得極低，我冷笑起來，「打擾人家的美夢是非常不禮貌的行為。」

說完，我豎起了大拇指，示意大家可以行動了。我第一個翻身進了遊戲室，接着，張琳和西恩也翻了進來，沒有弄出一點聲音。

遊戲室裏非常暗，但還不算是漆黑一片，一側走廊上的燈光微微射進遊戲室，近距離依稀可辨眼前的景物。我們三個人拉開了一些距離，向前移動着，包抄過去。

房間裏靜悄悄的，大家能聽到的只有自己的呼吸聲，科姆里正在睡覺，絲毫沒有察覺特種警察的逼近。

我們悄悄地逼近科姆里，準備一起撲上去把他按住。張琳從科姆里的左面接近他，突然，她碰到了一個皮球，皮球一滾，直奔科姆里而去。

「啊？」張琳不自覺地輕叫了出聲。

皮球滾到了科姆里的身上，科姆里一下就被驚醒了，他猛地坐了起來。

「按住他──」我大吼一聲，飛身過去，按住了科姆里。

西恩也飛撲過去，騎在了科姆里的腰上，張琳緩過神來，她也猛撲過去。

科姆里在半夢半醒中被按住，一下就被嚇醒了，他怪叫一聲拚命掙扎，兩隻腳亂踢，正好踢中撲上去的張琳，張琳的肚子被踢中，大叫一聲倒在一邊。

「嗨！」西恩揮拳打在科姆里的腦袋上，科姆里的雙手此時被我按着，無法反抗，西恩猛擊兩拳，科姆里似乎被打暈了，他身子軟了下去，不再掙扎了。

「西恩，銬上他。」我説道。

「好。」西恩喘着粗氣，説着拿出一副手銬。

西恩把科姆里銬了起來。這時，張琳在一邊吃力地想爬起來，我看到科姆里被套了手銬，放輕鬆

了一些。

「張琳，你還好吧？」我過去扶起張琳。

「還好。」張琳捂着肚子說，「給他踢中了⋯⋯不過我沒事⋯⋯」

就在這時，科姆里突然一把推開身邊的西恩，他站起來飛快衝到第二扇窗旁邊，我猛然發現，他的雙手戴着手銬，但是手銬之間的鏈子已經被拉斷了。科姆里掙脫了束縛，他的超能力的確很強大，這點我們考慮不足，應該給他戴上兩副手銬的。

科姆里一個跨步就從窗戶跳了出去。我和西恩一前一後也跳窗追了出去，張琳此時也顧不上疼痛，一起跟着追了出去。

科姆里跑到了走廊上，慌忙向最近的艙門跑去，他撞開艙門，跑到了甲板上，我們緊追不捨，距離科姆里也就十幾米左右的距離。

「科姆里，你跑不了！」西恩的聲音從後面傳來。

甲板上風雨交加，雨不算大，但打在人臉上非常冰冷。科姆里向船尾方向跑了十幾米，突然，他

看到不遠處的海面上有一條大船慢慢地和鐵達尼號同向行駛，科姆里咬了咬牙齒，轉身向護欄跑去，但是他遲了，西恩已經繞過去，守在了護欄那裏，我們早就預備着科姆里跳海逃走的可能了。

西恩牢牢封死了科姆里的退路，科姆里看到自己被包圍，做出了反擊的姿態。

「你還要頑抗？」張琳大聲説，隨後飛身一躍，她的手裏出現了一把閃着藍光的霹靂劍。

科姆里看到張琳撲來，雙手突然攤開，兩個掌心各出現一個高速旋轉的飛輪，飛輪發着耀眼的白光。兩個旋轉的飛輪直奔張琳的面部而去。

「噹——噹——」張琳有所準備，敏捷地用劍擋開了兩個飛輪。

「嗨——」，科姆里身後，我和西恩各揮拳打來，科姆里縱身一閃，躲過了攻擊。

我們一起撲向科姆里，張琳使出霹靂劍，擔任主攻，我和西恩助攻。科姆里看到身邊有一艘救生艇，他從裏面拿出一支船槳，揮舞着開始抵擋圍攻，我們四個人打在了一起。

在浩瀚的大西洋，鐵達尼號上，打鬥聲傳出。海浪翻騰着，爭相目睹這場難得一見的船上大戰。

科姆里左擋右殺，漸漸體力不支，他的船槳已經被張琳砍斷，眼看招架不住，他又是一甩手，向我們射出十幾支短箭，我們立即躲避，科姆里射出這種短箭不是進攻，而是逃命掩護，他轉身就跑。

我們躲過短箭攻擊，立即追上，看到科姆里縱身飛上了上一層的甲板，我們也跟着飛上，我們眼看着科姆里飛身上了巨輪的頂部，隨後，我們也跟了上去。

矗立着四個大煙囪的巨輪頂部空蕩蕩的，我們在上面找尋着科姆里，張琳持劍，抬頭看了看四個大煙囪。

「不在這裏，他肯定跑到下面去了。」

「那我們下去找。」我說。

三個人一起下到頭等艙的走廊外面，推開門走了進去。我覺得科姆里可能又躲進了哪個儲藏室，我們根據圖紙來到一個儲藏室外，我用透視鏡看了看裏面，搖了搖頭，隨後向另外一間儲藏室走去。

就這樣，我們找遍了所有科姆里可能藏身的地方，但一無所獲。這下我們都有些着急了。

遠處的天空，紅色的早霞穿過黑雲，已經照射在鐵達尼號身上了，鐵達尼號駛離了雨區，新的一天已經開始了。

一些早起的乘客已經走出了客房，船上的情況又複雜起來。

「不要急，我們先去吃些東西。」我努力穩定着情緒，但語氣裏帶着明顯的無奈，「再休息一下，大家都累了。」

「這個傢伙，跑到哪去了呢？」西恩的眉毛都擠成了一團。

我們吃了些早餐，便回到那個小儲藏室，追蹤了一晚，我們實在太累了，一回去就全都睡着了。

午後，我第一個醒來，看着仍在酣睡的西恩和張琳，我也捨不得叫醒他們，我現在有點擔心不能完成這次任務了，鐵達尼號一旦撞到冰山後沉沒，科姆里一定會找機會逃上救援船隻，而救援船隻有好幾艘，再抓他可就難了。

我正想着，張琳也醒了，她一把推醒了旁邊的西恩，西恩不滿地嘟嚷起來。

　　「還睡？」張琳説道，「科姆里就要溜走了……」

　　「他跑不了的。」我説着站了起來，説是這樣説，我也是有些擔心的，「我們去外面走走……我們還有一個晚上的時間。」

　　「準確説是半個。」張琳似乎失去了信心，「今晚的11時40分，船就要撞冰山了。」

CHAPTER 10

第四個煙囱的秘密

　　鐵達尼號依然乘風破浪，它不知道這是自己最後一個白天的航行了，船上的乘客也不知道，甲板、酒吧、遊戲室、體育活動室、電影院、游泳池，都是在玩樂的人羣。

　　我和兩個伙伴來到了船頭甲板上，我們的心情都極其複雜。大海顯得非常的平靜，陽光照在人身上暖洋洋的。

　　「走，我們到後甲板去看看。」我說着無意識地抬起了頭，又看到了那四個雄偉的大煙囱，三個煙囱冒着黑煙，第四個煙囱似乎還在「罷工」。

　　張琳和西恩跟着我沒精打采地向後甲板走去，走了兩步，他倆發現我一動不動地抬頭望着那四個煙囱。

　　「走啦，不是去後甲板嗎？」西恩問。

　　「等一下。」我作了個停下的手勢，眼睛盯着

船尾那第四個煙囪，「第四個煙囪為什麼老是不冒煙呀……」

「你說什麼呢？」張琳走過來說。

「張琳，昨天科姆里是不是跳上船頂後，在第四個煙囪附近不見的？」我急着問。

「是呀。」張琳眨了眨眼睛，「他先跳到船尾，又跳到船頂，我們跟了上去，他就在船頂……就是第四個煙囪下面不見了。」

我沒有說話，把兩個伙伴拉到一個角落。

「你們等我一下，我馬上回來，不要走開。」

說完，我就向頭等艙跑去，我在走廊里拉住了一個船員，急切地問。

「請問設計這條船的安德魯先生在哪個房間？」

「前面那個。」那個船員指了指一個房間。

我道謝後馬上跑到那個房間門口，敲了敲門。

「請進。」屋裏傳來安德魯的聲音。

我鬆了一口氣，就怕安德魯不在。我推門走了進去，這個房間布置得非常豪華，安德魯先生正在

一把椅子上坐着，手裏還捧着一本書。

「你好，安德魯先生，我想請教一個問題。」我很有禮貌地説。

「噢，是你。」安德魯放下書説，「你有什麼問題？説吧。」

「請問這條船上的第四個煙囱為什麼老是處於停工狀態？我從來沒有看見他冒過煙的。」

「哈哈，這個問題都被你發現了。」安德魯爽朗的大笑起來，「你的觀察真是仔細，仔細地觀察生活對你的成長很有幫助……那個煙囱嘛……我們也想保密的，可是造船廠的工人們早把那秘密説了出去，有些報紙還報道了，其實那個煙囱是為了顯示這艘船馬力強勁而虛設的，沒有實用價值，當然，也不能説它完全就是個擺設，那個煙囱的唯一功能是幫助主廚房排煙……」

「噢，我明白了！」我興奮地揮了揮拳頭，兩眼放出光來，「那麼如果一個人掉進煙囱，不會直接掉進主廚房吧？」

「那不會，煙囱裏和甲板頂有鐵絲網隔離的，

是比較密的鐵絲網，防止有什麼東西墜落進入廚房煙道，反正煙霧能穿過鐵絲網排出來。」

「太感謝你了，安德魯先生，再見。」我説着鞠躬致謝，跑了出來。

我急匆匆地找到了張琳和西恩。

「到底怎麼回事？」張琳急忙問。

「科姆里很有可能就藏在第四個煙囪裏！」

「啊？」西恩張大了嘴巴。

「我剛才問了安德魯先生，第四個煙囪是個擺設，我看裏面藏十個人都沒問題。」我解釋起來，「他被我們追趕時，一定是飛身翻上煙囪頂，然後跳下去躲避，要是鑽進另外三個煙囪，他一下就會被濃煙熏出來的，第四個煙囪僅僅是廚房的排煙器，而半夜廚房是不工作的，我們當時不知道這點，就去艙室裏找了，科姆里也許知道這點，也許慌不擇路，不過這不重要，重要的是他躲在裏面。」

「如果他知道這個煙囪是假的，以前怎麼不躲在裏面呢？」張琳問。

「因為廚房的排煙味道也不好聞，而且非常嗆，白天他絕對不會躲在裏面。」我説，「剛才我也説了，也許他也不知道，但是慌不擇路，逃進去忽然發現裏面可以藏身。」

「嗯，我明白了。」張琳點點頭。

「好，這下可找到他了。」西恩很興奮，「我説他怎麼就不見了，原來鑽了進去，他可是找了一個好地方。」

「昨晚他躲進煙囱後，知道我們還會尋找那些船上無人的房間的，所以不可能再去這種地方藏了。」我説，「所以後來我們在船艙怎麼也找不到他。」

「知道……那、那我們還等什麼，上去抓他。」西恩説完就走，「要抓個活的。」

「不要着急。」我一把拉住西恩，「白天他可能在外遊蕩躲避廚房油煙，晚上他應該會回到煙囱裏，到時候我們再行動！」

「我覺得這是我們最後的一個機會了。」張琳若有所思地説。

夜幕降臨之後，我悄悄地鑽進了船頂左側懸掛的一個救生艇裏，拉開覆蓋着救生艇的帆布，可以清楚地看到第四個煙囱左面的情況，張琳和西恩則鑽進另外一側的一個救生艇裏，觀察着煙囱右側的情況。

　　鐵達尼號進入了它最後一個夜晚。這是一個陰冷的夜晚，晴空萬里，天上繁星點點，人們的歡聲笑語從各個艙室、遊戲室裏傳出，舞廳裏的音樂聲也傳播到了浩瀚的洋面上，星星俯視着這艘孤獨的郵輪，在廣袤的北大西洋上，它不過只是一個洋面上的小亮點。

　　晚上9時多，天氣很冷。我知道，西恩和張琳此時應該也像我一樣，小心地掀開蓋着救生艇的帆布的一角，盯着第四個煙囱。我們各守着煙囱的一邊。

　　突然，一個黑影在煙囱後面一閃就不見了。

　　「張琳，是我。」我連忙對着手錶説，「一個黑影在第四個煙囱這邊閃過，然後上了煙囱頂，現在不見了。」

「我是張琳，你看清了嗎？」張琳邊把頭探向外面，「西恩説他也看見黑影了。」

「一定是他，跳進煙囱裏了。」我説。

「什麼時候行動？」張琳問。

「等一下，煙囱的主人剛回家，怎麼也要等他洗漱完畢再説。」我用嘲弄的口氣説，「最好進入夢鄉。」

「明白。」

又等了一個多小時，我發出了指令，我們悄悄地鑽出了救生艇，從兩面向第四個煙囱包抄過去。

「張琳，叫西恩埋伏在外面，我和你跳進去抓他。」我對着手錶小聲地説。

「明白。」

我來到了那巨大的煙囱壁外，用透視鏡看進去，果然看到科姆里就躺在煙囱裏，這個巨大的煙囱裏面當然很寬敞，科姆里在裏面渾然不覺我們的到來，他倒在一個角落裏，像是睡着了，一動不動的，這傢伙連日來東躲西藏的，還被我們追捕，也累了。的確，白天廚房的一些油煙吹進煙囱，他會

覺得很難受，只好又躲了出去，晚上才回到這裏。他肯定知道，一會後船就要沉了，到時候他便可以趁亂逃跑，徹底擺脫我們的追捕，所以現在便休息一下，補充體力。

「張琳，我們進去！」

張琳點點頭，我倆縱身飛上煙囪，沿着煙囪外壁，很快就到達了煙囪頂，站到頂部後，我倆毫不遲疑，一起跳了下去。

科姆里應該是聽到了什麼聲音，一下就醒了，他慌忙站了起來，這時，我和張琳已經落地，張琳衝上去一拳把他打倒在地。我撲上去想按住科姆里，科姆里在地上一滾，站了起來，他向我和張琳各射出一支短箭，我倆躲閃的時候，他縱身上了煙囪頂，隨後跳了下去。我們發現，科姆里手上的手銬已經不見了，一定被他弄開了，不知扔到哪裏去。

科姆里剛剛跳下去，埋伏在外面的西恩猛地衝過去，科姆里根本沒想到外面還有埋伏，也沒有看到西恩，被西恩一拳打倒在地。我和張琳也一起跟

着跳了下來。

西恩衝上去對着科姆里的頭狠狠地打了一拳，科姆里被打得頭昏了，張琳和我連忙銬住了科姆里，我們給他戴上了兩副手銬，這次他掙脫不開了。

「科姆里，你被捕了！」我義正詞嚴地説，「你跑不了的⋯⋯」

「不要殺我。」科姆里試圖掙脫手銬，但掙脫不開兩副手銬，這下他絕望了，「我、我和你們走，你們不要殺我呀，我錯了，我⋯⋯」

我們把他押回了我們躲避的那間小儲藏室，抓到了科姆里，不怕他穿越跑掉了，西恩收起了穿越干擾器。我們現在考慮的是如何更安全地穿越回去，科姆里則不停地哀求我們放過自己。這次我們做到了，我們活抓到了科姆里，這是我們的首選，因為還有一些事情要審問他，他可是知道毒狼集團很多計劃的。

「再不閉上你的嘴巴，我就給你的嘴巴上鎖！」西恩不耐煩地指着科姆里的嘴説。

「不要呀！」科姆里馬上閉上了嘴巴，驚恐地望着西恩。

「坐到那裏去！」張琳指了指角落。

科姆里乖乖地坐到了角落裏，垂頭喪氣的。

「現在是10點半，再過一個多小時，船就要撞了。」我小聲對兩個同伴說道，「船停下來以後，我們就帶着科姆里到遠處的海面去，我們要扔幾把椅子下去，借助這些椅子懸浮在海面上，因為我們的超能力還不足以支持長時間懸浮在海面上。等卡柏菲亞號來後，我們上船去紐約，然後再穿越回去，這樣比較安全，否則從海上穿越，還帶着一個科姆里，非常不安全，還是在陸地穿越比較好，我們從陸地返回總部。」

張琳和西恩都靜靜地聽着，我的計劃是最妥當的，不過船就要撞了，我們卻只能等着船沉，一點辦法都沒有，我們的心情複雜極了。

巨輪沉沒時的決戰

時間一點點的過去，我們等待着撞船的一刻，穿越法則的威力我們都領教過了，我們不能也無法改變歷史。

十一點半一過，我們三個人的心都揪了起來，張琳臉色慘白，西恩不停地發抖，我頭上滲出了汗珠。科姆里則在角落裏，他陰沉着臉，一言不發，也不知道在想什麼。

又過了十分鐘，船身輕微的一晃，大家都知道，鐵達尼號撞到了冰山！一共有五個隔艙被撞裂後進水，伊斯梅認為的不可能發生的概率發生了。

「過一會我們就走。」我皺着眉頭，低頭説道。

沒過多長時間，船上就亂了起來，幾個船員在走廊裏大聲地喊叫起來。

「請乘客們起來，穿上救生衣到甲板上去。」

接着，走廊裏嘈雜起來，喊叫聲、質問聲、小孩的哭鬧聲到處都是，我對兩個伙伴點點頭。

「起來，跟我們走。」張琳站起來，踢了科姆里一腳，「不老實就了結你！」

科姆里順從地站了起來。

張琳把一件衣服蓋在科姆里的手上，遮掩住手銬。我打開了門，走了出去，走在第一個，我後面是科姆里，西恩和張琳一左一右挨着他，死死地盯住了他。

沒有誰注意我們四個從儲藏室裏走出來的人，走廊裏全都亂了套，很多穿着救生衣的人向外走去，還有幾個人從外面向裏走。

「我不要去外面，冷死了！」一個女士抱怨着，「真是倒楣，上了這條船！」

我看了她一眼，什麼也沒説，向甲板走去。

「張琳——凱文——」一個聲音從身後傳來，那是安德魯的聲音。

「安德魯先生？」張琳轉過身子，驚叫道。

安德魯臉色蒼白，他一把抓住了張琳，他顯得

有氣無力的。

「張琳，聽我說，你們馬上到救生艇上去。」安德魯急促地說，「船要沉了，你們是孩子，能上救生艇的⋯⋯救生艇不夠⋯⋯」

「謝謝，你⋯⋯」張琳緩緩地說。

「快去。」安德魯推了張琳一把，他看了看西恩，「西恩，什麼事都可能發生，我對不起大家⋯⋯」

「安德魯先生，這不怪你⋯⋯」西恩眼含淚花。

甲板上更亂，一艘艘的救生艇正在往下放，甲板上都是人，不過這時的秩序還算不壞，一些船員維持着秩序，我能感覺到，船的首部已經開始向下傾斜了。

「去穿救生衣。」一個船員對我他們說，「每個房間都有的。」

「謝謝，我們就去拿。」我連忙說。

正在這時，我看見伊斯梅，他站在甲板上，向海面張望着，西恩也看到了他，遠遠地怒視着他。

伊斯梅看到了西恩，他像是認出了西恩，馬上回避了西恩的目光，走進了人羣。

　　「登艇時請不要擁擠，婦女兒童先上——」一個船員大聲地對甲板上的人喊道。

　　我們來到船首的甲板上，船頭已經沉了下去，護欄距離海面已經很近了，這裏沒有任何人，我先去了旁邊的房間，把幾把椅子綁在一起，扔進大海裏，隨後越過護欄跳了下去，接着，西恩和張琳押着科姆里也跳了下去。包括科姆里，我們一起利用超能力，坐在椅子上，椅子隨海浪起伏着，我們用手當槳，划着椅子遠離鐵達尼號。

我們把椅子划了有五百米的距離，停了下來。

　　「就在這裏等吧。」我沉重地説。

　　我們在海面上，向遠處的鐵達尼號望去，鐵達尼號此時已經明顯的傾斜了，船上已經混亂起來，喧鬧聲明顯加大了。

　　我們恨不得把自己的耳朵堵上，不想看，卻又不能控制自己。船上的呼喊聲越來越大，借着燈光，我們看到已經有人開始落水了，西恩的手不住地抖，他努力控制着自己，他很想去救人。

　　「小喬治還在上面。」張琳説着捂住了臉，難過得哭了。

　　不停地有人落水，求援火箭射向了天空，隨後在天空中炸開，悲鳴的小提琴聲從船上傳來，像利劍一樣直刺我們三人的心。

　　「我、我受不了了！」我捂住了耳朵，表情及其痛苦，「我真的受不了了。」

　　「我……」西恩幾乎都説不出話來了，他大口地呼吸着。

　　「哼，三個偽君子。」這時，科姆里忽然不屑

地説。

「你説什麼？」西恩瞪着科姆里，吼道。

「你們這些警察都説自己是正義的。」科姆里冷笑起來，「見死不救，還正義呢。」

「我們無法改變歷史的。」我大聲説，「這你也知道。」

「我不知道，我就只看見你們原地坐着，無動於衷。」科姆里反駁道，他看了看張琳，「還假裝哭泣……」

「你……」西恩恨不得去揍科姆里一頓。

「他……他説的也許沒錯，我想去救人！」張琳拉住了西恩。

「可是那個穿越法則……」我説道，此時我也很激動，「我要發瘋了……」

「我不想管這個穿越法則了……」張琳咬了咬嘴唇。

此時，遠處的鐵達尼號已經嚴重傾斜，船頭已經完全入水，船尾高高抬起。音樂聲已經消失了，傳開的只有絕望的呼救聲，有很多人不停地從高處

掉進水裏，一艘艘的救生艇則向遠處划去。救生艇的數量不夠，還有的沒有放下來，這一點誰都知道。

「能不能留下一個看着他，剩下兩個去救人？」西恩壓低聲音和兩個伙伴商量。

「一個人可能看不住他⋯⋯」我左右為難。

忽然，科姆里拔腳就跑，他利用超能力急速向鐵達尼號衝去。我明白了，科姆里知道穿越法則，他剛才就是想讓我們分神，趁我們都沒在意他時逃跑。他想混入混亂的現場，就算船沉了，卡柏菲亞號來之前，他還可以偽裝成死去的人。科姆里的超能力和我們一樣，短時間內可以踩在海面上奔跑一會，長時間一樣也會落水。

「科姆里，站住——」

我們也利用超能力一起追了過去，科姆里端着被銬住的雙手，拚死向前跑去，我們三個緊追不捨，那傢伙很快就跑到了鐵達尼號前面，船身的中部已經開始進水了，水面到處都是游泳逃生的人，甲板上還有人不時的滑下。

科姆里跳上了正在下沉的巨輪，跟在他後面的我伸手一抓，沒有抓住，這時，一根巨大的煙囱直直地朝我砸了下來。

「凱文小心——」西恩大喊，他的手對着煙囱一揮，「防禦弧——」

我想躲閃煙囱，已經來不及了，我都有些絕望了，煙囱距離我還有一米多的時候，西恩的防禦弧劃着一道白光，出現在我的頭部，形成一個弧線狀的保護線，巨大的煙囱砸在防禦弧上，頓時被彈開，斜着滑向一邊。

我連忙閃了一下，「轟——」的一聲，煙囱滑到一邊，沒有砸中我，它落進了水裏，把水面濺起巨大的水花。

「謝謝——」我對西恩揮揮手，「防衞大師——」

科姆里已經跳到了船上，他看了看正在抬起的船尾，找着逃跑的方向，這時，張琳縱身一躍，一下就攔在科姆里的身前。我和西恩則一起上了甲板，出現在科姆里的身後。

科姆里被張琳攔住，真的急了，這是他最後的機會了，忽然，他看見地上有一柄消防斧，他激動起來，撿起消防斧高高地拋向天空，就在斧子落下來的時候，他居然伸出左手去阻擋落下的斧刃。

落下來的消防斧猛地斬斷了科姆里的左手，科姆里慘叫一聲，右手的手銬牽引着左手斷肢，現在他的右手「自由」了，身體也靈活了。他把流血的手臂伸進海水裏，手臂的血就被冰冷的海水止住了。

我們都驚呆了，看着眼前這一幕，沒想到這個科姆里居然採取這種自殘手段，他知道那掉下來的斧子砍不斷兩個手銬，所以直接砍斷了自己的手。

足有十秒，我們都愣在了那裏。

科姆里右手撿起了消防斧，他有了武器，也有了再戰或逃走的資本——他實在不想被我們抓住，看到我們發愣，他沿着船舷轉身就跑，不過張琳最先反應過來，飛身過去攔住了他。

科姆里舉起斧子砍向張琳，張琳連忙一躲，她大喊一聲，右手向下一垂，先鋒寶盒從衣袖裏掉出

來，她按下藍色按鈕，霹靂劍就出現在她的手上，她反手就刺，科姆里一擋，劍被彈開。這時西恩從背後猛出一拳，打在科姆里的右臂上，西恩可是有目標的，他要先解除科姆里揮舞的利斧，科姆里沒有防備，手一抖，斧子落進了水裏，一下就不見了。

「抽血絲！」科姆里惱羞成怒，隨手向西恩甩出一根鋼絲。

西恩閃身，躲開了抽血絲。

科姆里沒了兵器，抽血絲攻擊也無效，我們三個圍了上去。

「科姆里，投降吧——」張琳拿着寶劍靠近科姆里，一字一句地說。

「好，我、我投降，我跟你們回去。」科姆里看看走投無路，又軟了下來，他甚至還笑了笑，「只要你們不傷害我……」

「舉起手，我們不會傷害你的。」張琳在一邊說，她非常警惕。

「好，我投降……」科姆里的右手慢慢伸向口

袋。

「你幹什麼？」我警惕地大喊。

「這個還給你們，你們的手錶。」科姆里掏出了西恩的手錶，扔給了西恩。

西恩馬上去接，就在這時，科姆里的手一揚，兩支短箭一前一後飛向西恩和我。我們早有準備，連忙躲開了偷襲的飛箭。

「我不會給你們抓住的——」科姆里原形畢露，他瘋狂地撲向張琳，他居然掄起那個斷肢砸向張琳，這是他發起的最後攻擊。

張琳先是一閃，隨後一劍直直地向科姆里刺去，科姆里躲閃不及，張琳的劍一下就刺傷了他，科姆里慘叫一聲，跪倒在甲板上，此時這裏的甲板傾斜嚴重，已經湧上了海水。

我們一定要把他抓回去審判，西恩上前一步，給已經喪失了抵抗力的科姆里戴上了手銬。

此時，不遠處有很多落水的人在呼喊救命，我和張琳互視一下，點點頭。

「西恩，你拉着科姆里，別讓他跑了。」張琳

大喊一聲，隨即，她和我利用超能力飛奔上海面，開始救在海中掙扎的人，我們知道，我們正在改變歷史。

「我也要去——」西恩拉着科姆里，也想去救人。

「轟——」

就在我們拉起第一個人的時候，我們站的地方有一道閃光轟鳴着滑過。我們三人頓時感到天旋地轉，身體被一種莫名的、極大的力量拋了出去，一股颶風把我們的臉都吹得變形了，很快，我們都失去了知覺。我們違反了穿越法則，企圖用超能力改變歷史，遭到了穿越法則的抗阻。

不知過了多長時間，我們發現自己躺在冰冷的、白白的冰塊上。科姆里也在我們身邊，他一直被西恩拉着，還是一副有氣無力的樣子。

「這裏是哪裏呀？」張琳先坐了起來，只見四周白茫茫的一片，到處都是冰塊，不遠處，還有幾座冰山，天空則是灰濛濛的。

「反正不是沙漠。」我也坐了起來，「不排除

是外星⋯⋯」

　　「穿越法則⋯⋯不能違背呀⋯⋯」西恩說着坐了起來，他雙手扶地想站起來。

　　「咔嚓」一聲，冰塊斷了，這只是一塊很薄的浮冰，三個人連同西恩一起掉進了水裏。

　　「啊──」西恩喝了一口水，他用力把腦袋浮出水面。

　　「飛起，都飛起。」我提醒着兩個伙伴，利用超能力，身體一下躍出水面。

　　西恩這才想起超能力，他和張琳也一起躍出了水面。我們都踏在水面上。科姆里被西恩拉着，也來到水面上。

　　「無論如何，我要離開這個地方。」渾身瑟瑟發抖的張琳對手錶上的水晶球開始了呼叫，「總部總部，我們是阿爾法小組。」

　　「這裏是總部⋯⋯」一個聲音從張琳的手錶裏傳出。

　　「噢──」三個人一起歡呼起來，我們至少知道這裏不是外星。

「我們完成了任務，抓住了科姆里，不過出了點小差錯。」張琳説，「我們不知道自己現在所處的地點……還有時間，我是説在哪個年代？」

「我這裏可以幫你確定。」手錶裏傳出聲音。

「謝謝。」張琳説，「快，我們利用超能力在海面上，支撐不了多久。」

「好的，我在查了。」手錶裏的聲音也很急切，「啊，你們回到了現代，但是你們在格陵蘭島和加拿大巴芬島之間的海域，確切地説你們在北極圈裏，遠離鐵達尼號航線有三千公里，這到底是怎麼回事？」

「説來話長。」我對着張琳舉起的手錶説，「我們請求救援，我們懸浮在海上，能維持時間不會很長……」

「向西一公里，有一塊巨大的浮冰，你們馬上過去。」手錶裏傳出的話打斷了我的話。

「好——」我興奮地叫了出來。

西面一片白茫茫的，要不是總部的提示，我們無法判定那裏有浮冰，我們連忙奔跑過去，就在支

持我們懸浮的超能力耗盡前，跳到了一塊厚厚的浮冰上——我們現在安全了。

「總部，我們已經到達浮冰……」張琳仰面躺在浮冰上，舉起手錶，氣喘吁吁地説。

「呆在原地不要動，你們的位置已經鎖定，我馬上請求加拿大和丹麥海軍的救援……」

他的話還沒有説完，遠處的海面上發出一陣巨響，有一個大冰塊被頂起，接着，一艘潛艇的艦橋慢慢從水下升起。

「噢，你真是太厲害了。」張琳坐了起來，對着手錶説，「因為你一説到救援，人家就來了。」

「嗨，我們在這裏——」我和西恩一起對着潛艇揮着手。

潛艇發現了我們，向我們這邊開了過來。

「丹麥皇家海軍。」我看着潛艇艦橋上那面紅底白十字的丹麥海軍標誌，高興極了。

＊　　　　＊　　　　＊

一周後，西恩躺在全球特種警察機構自己的宿舍裏，吃着薯片，樣子悠然自得。我和他是一個房

間的，他邊吃薯片邊玩遊戲。至於那個科姆里，早就被我們交給了總部看押。

「凱文——西恩——」張琳説着舉着一本書推門闖了進來。

「張琳，進男生的房間要先敲門。」我看見張琳闖進來，高聲叫道。

「不要玩了。」張琳根本不理我，她一把扯下西恩的耳塞，晃了晃手裏的書，「給你們看這個。」

「《金融奇才喬治‧克利爾自述》……噢，我對投資不感興趣，我的一個姑媽喜歡這個，我可以把她的電話給你……」我説着也要去玩遊戲。

「你們看上面的這個人，仔細地看……」張琳顯得很激動。

「這個人……」我和西恩一起看着封面上的那個人，那是一個老者，他也笑眯眯地望着大家。

「不認識呀……」西恩搖了搖頭，「好像是個暴發戶……」

「真笨！」張琳翻開了書，「我來給你們唸這

段介紹：『喬治‧克利爾，1909年生於愛爾蘭的基爾菲南，1912年隨父母前往美國，住在康涅狄格州經營農場生意的伯父家⋯⋯他的人生注定不尋常，他是鐵達尼號的倖存者，當時他和母親上了救生艇，父親落水後遇救⋯⋯』」

「啊！是小喬治──」我一下就跳了起來，過去搶那本書。

「我上網時偶然看到的，怎麼看封面上的人都像是小喬治，但網站介紹太少。」張琳得意地說，「我就買了一本，收到實體書仔細一看，果然是小喬治。」

「我就說他有出息，我早就看出來的。」西恩說着也去搶那本書。

「可惜他十幾年前去世了。」張琳很是遺憾地說。

「關鍵是他那個晚上活着。」我用手摸了摸封面上的喬治‧克利爾，緩緩地說，「後來還取得那麼大的成就。」

「小喬治那晚獲救，後來還取得了成就。」張

琳也很感慨，「那晚害人的科姆里也得到了應有的下場，但是毒狼集團，諾曼先生説了，他們的陰謀不斷呀，最近……」

「我知道。」我點了點頭，「我們面臨着更大的挑戰……」

時空調查科2
鐵達尼號上的追捕

作　　者：關景峰
繪　　圖：Mimi Szeto
責任編輯：周詩韵
美術設計：蔡學彰
出　　版：新雅文化事業有限公司
　　　　　香港英皇道499號北角工業大廈18樓
　　　　　電話：（852）2138 7998
　　　　　傳真：（852）2597 4003
　　　　　網址：http://www.sunya.com.hk
　　　　　電郵：marketing@sunya.com.hk
發　　行：香港聯合書刊物流有限公司
　　　　　香港新界大埔汀麗路36號中華商務印刷大廈3字樓
　　　　　電話：（852）2150 2100　傳真：（852）2407 3062
　　　　　電郵：info@suplogistics.com.hk
印　　刷：中華商務彩色印刷有限公司
　　　　　香港新界大埔汀麗路36號
版　　次：二〇一九年二月初版

ISBN : 978-962-08-7214-3
© 2019 Sun Ya Publications（HK）Ltd.
18/F, North Point Industrial Building, 499 King's Road, Hong Kong
Published and printed in Hong Kong